PATRICIA GÖRG

HANDBUCH DER ERFOLGLOSEN

Jahrgang zweitausendundelf

BERLIN VERLAG

Die Autorin wurde während des Jahres 2011 für dieses Werk von der Guntram-und-Irene-Rinke-Stiftung im Rahmen der »TAGEWERK-Reihe« unterstützt.

MIX
Papier aus verantwortungsvollen Quellen
FSC® C083411
FSC
www.fsc.org

Umschlaggestaltung: Nina Rothfos & Patrick Gabler, Hamburg
Typografie: Birgit Thiel, Berlin
Gesetzt aus der Garamond von Greiner & Reichel, Köln
Druck und Bindung: CPI – Clausen & Bosse, Leck
Printed in Germany
ISBN 978-3-8270-1082-7

www.bloomsbury-verlag.de

BLOOMSBURY
LONDON • BERLIN • NEW YORK • SYDNEY

Libellen treiben flussab!
Ein Antlitz, das in die Sonne sehen könnte,
Gibt es seit jeher nicht.

Gilgamesch-Epos

ZUM GELEIT

Kalenderwochen, Exkursionen, Fallgeschichten – mit ihnen durchquert dieses Buch ein Wissensgebiet, über dem wie über dem Eingang zum Centre-Court in Wimbledon die Gedichtzeilen von Rudyard Kipling stehen könnten: *If you can meet with Triumph and Disaster / And treat those two impostors just the same ...**

Gleichmut ist aber vor allem vonnöten für jene Erfolglosigkeit, für jene sanfte, lebensimmanente Form des Scheiterns, die jedem widerfährt, und sei er noch so weit gekommen. Sie ist das eigentliche Wissensgebiet, das wir durchqueren.

In den Kalenderwochen des »Jahrgangs zweitausendundelf« finden sich stürzende Männer (Blender, Despoten, Schürzenjäger und Riesen), die über die Teppichfalten des Heute, Gestern oder Morgen stolpern, stürzende Börsenwerte und eine Sammlung von Katastrophen und Kleinigkeiten aus aller Welt.

Meine Exkursionen führen in Vorträge und Lesungen, Ausstellungen und Kinos, in denen die Welt besungen, zerfetzt, geklebt, durchleuchtet – also bearbeitet wird.

Die Fallgeschichten schließlich erzählen vom Webmuster der Ereignisse, von wiederkehrenden Motiven auf dem Teppich, über dessen Falten wir stolpern.

Und von draußen, von außerhalb unseres Himmelskörpersystems, lugen ab und an Exoplaneten herein in dieses Handbuch.

* *Wenn du Triumph und Katastrophe begegnen kannst / und diese beiden Hochstapler gleich behandelst ...*

KW 1

Tausende Rotschulterstärlinge fallen in der Neujahrsnacht in einer US-amerikanischen Kleinstadt tot vom Himmel.
Auf den deutschen Straßen liegen leere Feuerwerksbatterien und die Worthülsen des Vorjahrs im Schnee: Verbraucht und durchnässt gammeln »Bringschuld« und »Holschuld« neben dem »Wutbürger«.

Die Züge fahren nicht
Die Eier sind giftig

In Australien ist eine Fläche überschwemmt, so groß wie Deutschland und Frankreich zusammengenommen. Einwohner sitzen auf den Treppen ihrer Häuser, winken dem Hubschrauberpiloten zu. Sie bewachen ihr Hab und Gut. Krokodile, Kröten und Schlangen schwimmen in der braunen Brühe.
Der ewige Kommunarde Rainer Langhans (70) bestätigt, dass er ins RTL-Dschungelcamp einziehen wird. Er sieht die Entwicklung der ganzen Gesellschaft in Richtung auf eine große Kommune. Er sagt: »Die jungen Menschen sind mehr im Internet als hier. Das Internet ist die große Kommune, es ist genau das, was wir damals gewollt haben.« Am Tag, an dem dieses Interview erscheint, findet morgens eine Sonnensichelfinsternis statt.

China meldet, Atommüll so aufarbeiten zu können, dass die eigenen Uranbestände jetzt noch bis zu dreitausend Jahre ausreichen. Außerdem erschwert das Land dem Westen den Zugang zum Rohstoff »Seltene Erden«. Wirtschaftsminister Rainer Brüderle drängt den chinesischen Vizepremier Li Kequiang, den Export dieser seltenen Metalle, die für Computer, Monitore und Akkus unverzichtbar sind, nicht wie angekündigt um fünfunddreißig Prozent einzuschränken. Beide treten anschließend vor die Kameras und lächeln, aber nur Li ist munter genug, um auch noch grüßend die Hand zu heben.

Im javanischen Hinterland greifen Islamisten Schattenspieltheateraufführungen an.

VORSTOSS INS INNERSTE DER MATERIE heißt ein Vortrag, den der Direktor am Max-Planck-Institut für Physik, Prof. Dr. Siegfried Bethke, hält. Bethke räuspert sich beinahe ununterbrochen, aber es gelingt ihm trotzdem, den Elementarteilchenzoo an die Leinwand zu werfen und zu beschreiben, dem die Physiker mittels des Teilchenbeschleunigers CERN nachspüren. Er berichtet vom Urknall bis zum Augenblick eine Sekunde danach und vom siebenundzwanzig Kilometer langen Tunnelring, hundert Meter unter der Erde, in dem Situationen wie kurz nach dem Urknall noch einmal nachgestellt werden. »Eine Million Kollisionsereignisse pro Sekunde, und das zwanzig Jahre lang«, freut sich Bethke.

Vielleicht hilft das weltweit größte und komplexeste Unternehmen der naturwissenschaftlichen Grundlagenforschung, folgende schmerzlich offenen Fragen zu klären: Warum gibt es uns eigentlich (denn Antimaterie hätte die Materie gleich zu Anfang vernichten müssen)? Was sind dunkle Materie und dunkle Energie, die immerhin fünfundneunzig Prozent des Universums ausmachen? Existieren verborgene Raumdimensionen? Wie könnte die vereinheitlichende Feldtheorie, also die Weltformel aussehen, nach der schon Einstein verzweifelt suchte?

Um das zu erkunden, wurden Monstren in Kavernen versenkt: Auslesegeräte, schwer wie der Eiffelturm und so kompliziert konstruiert, dass sie die Ultima Ratio heutiger Möglichkeiten darstellen. Der größte von ihnen, ATLAS genannt, verwandelt einen danebenstehenden Menschen in eine Kleinigkeit, soll aber

Spuren von Dingen finden, für die der Begriff Kleinigkeit in jeder Hinsicht eine Grobheit wäre. Der Logik zweier grotesk miteinander verbundenen Sphären gehorchend, blähen die Instrumente sich immer extremer auf, je weiter sie ins extrem Kleine vordringen. Der Titan ATLAS stemmt also das gegenwärtige Standardmodell der Physik, soll es halten und untermauern, soll es ergänzen um Erhofftes und Unerhörtes, lässt es womöglich jedoch im Laufe der Forschungen fallen.

Und es wird geforscht: Beschleuniger und Detektoren arbeiten. »Die Daten kommen mit 7,5 Nanosekunden Abstand rein«, so Bethke, »und ein Millionstel von ihnen wird aufgezeichnet.« Routiniert räumt er ein, bislang sei nichts Neues entdeckt.

Der Erwartungsdruck ist riesig: Solch eine titanische Versuchsanordnung, die Hypothesen durch Filter treibt, sollte wenigstens unser Weltbild erneuern, um sich zu rentieren.

Siegfried Bethke aber, frei von Renditezwängen, gesteht gelassen, am spannendsten wäre die Lage für ihn, falls der große Beschleuniger überhaupt nichts Neues fände, denn Bewegung in die Teilchenphysik käme auch dann – eine andere zwar als die erhoffte, aber vielleicht sogar eine interessantere.

Um in Erinnerung zu rufen, wie wichtig Grundlagenforschung ist, zeigt Bethke einen Cartoon, in dem der Vater seinem Sohn erklärt, die Sonne ginge nur deshalb auf, weil sich morgens die Luft erwärme und sie mit nach oben trüge, und sie sinke abends wieder herab, weil die Luft dann abkühle. »Und warum wandert sie von Ost nach West?«, fragt der Knabe. »Sonnenwind«, lautet die Antwort.

Obwohl dieses Späßchen nicht viel mit jener galaxienweit von jeder Alltagserfahrung entfernten Welt zu tun hat, in welcher die CERN-Physiker nach Erkenntnissen suchen, merke ich, wie ich Bethke um seine gute Laune beneide.

Am meisten beneide ich ihn um die scheinbar unkündbare Geborgenheit in seiner Materie: um die Fraglosigkeit von Fragestellungen, um Aufgaben, die nicht er sich stellen muss, sondern die sich ihm stellen. Um Befunde, die er in allgemein gültige Formeln konvertieren kann, während in der Kunst jeder seine eigene Währung ausgibt. Um seinen Arbeitsplatz in einem solchen festumrissenen mentalen Bezirk. Aber auch um seine Kollision mit den sagenhaften Abgründen der Leptonen, Quarks und vielleicht dereinst Higgs-Bosonen – einem Zusammenprall mit Elementarteilchen, bei dem sein Kopf vermutlich niemals hohl klingt.

So stößt er vor ins Innerste der Materie.

Während der Professor, sympathisch und zuversichtlich, sich immer wieder räuspern muss, hat ein guter Geist hinter seinem Rücken ein Glas Wasser auf das Pult gestellt. Er bemerkt es lange nicht.

SIMON MAGUS

Muskelmann Simon Magus sitzt vor zwei Handvoll Leuten in einer Literaturwerkstatt und klopft die Versfüße Daktylus und Trochäus auf den Tisch.
Er beherrscht die antike Metrik wie die Verstellung, denn sein wahrer Name ist Johnny Barto Smith.
Gestern hat er vor mehr als tausend Leuten Klavier gespielt.
Alle Augen hingen an dem Hünen, während er spinnenbeinzart die Tasten des Instruments anschlug und sich selbst und das Publikum in Sensibilitäten einwob. Hier hängen wieder alle Augen an ihm.
Magus lebt doppelköpfig. Seine Karriere als Pianist hindert ihn nicht daran, täglich viele Stunden an einem eigenen Werk weiterzuschreiben, aus dem er jetzt vor verschwindend wenigen Menschen liest.
Er liest ein Gedicht, das im Rhythmus von Daktylen und Trochäen über die Sterne klagt, sich dann lächelnd aufgegangenen Schnürsenkeln zuwendet.
Die Versfüße arbeiten. Sie folgen dem, was ihnen auf dem Tisch vorgeklopft wurde. Und Simon Magus gerät fast beiläufig, ohne jede Ekstase, ins Levitieren. Während er vorträgt, was er geschrieben hat, löst er sich aus dem Stuhl und beginnt vor dem Fensterausschnitt des Abendhimmels und dessen eiskalten Sternen zu schweben, macht keinerlei Aufhebens darum, fährt fort, zu rezitieren, wobei die Lyrismen eines derart starken Mannes nicht nur die Schwerkraft, sondern auch andere Gesetze der Lüge überführen:

So muss der Geist offenbar weder in Hungerleidern noch in bebrillten Handtüchern wohnen. Er wohnt, wo er will. Und zieht er in grimmer Zärtlichkeit ein in einen, der sich gegen Schwäche wehrt, indem er Kraft trainiert, so ist der Geist dort keineswegs schlechter aufgehoben als in schmächtigeren Körpern. Vielleicht lebt er sogar lieber an einem geräumigen Ort.

Magus liest. Mit antikem Schwung setzt er über zu heutigem Leiden.
Er gestikuliert, schwingt mit dem Gelesenen mit.
Seine Haltung angesichts des beinahe leeren Raums ist mustergültig.
Konzentriert lässt er sein Publikum glauben, was es sieht und hört: den Relativismus echter Dichtung.
Sterne, an Schnürsenkeln aufgehängt, schweben durchs Bild.

Zeit vergeht. Manchmal verlagert der eine oder andere sein Gewicht auf dem Stuhl, um weniger schmerzhaft zu sitzen, denn die Auswahl dessen, was Dichtung sein könnte, wächst sich aus zum Epos, das zu balancieren dem Levitierten nicht mehr ganz so leichtfällt. Hinter Wendungen, die viel miteinander verketten, glauben zwei Handvoll Leute allmählich Muskelkatergrimassen zu entdecken.

Johnny Barto Smith alias Simon Magus ist zu Hause auf einer Ranch in Florida. Dort lässt er sein Werk in Stein meißeln. Zwinkernd will er überdauern, indem er 3367 Granitstelen errichtet, die seine Dichtung tragen, wohl nur langsam verwitternd unter der ewigen Sonne, 3367 Granitstelen, konzeptionell verteilt im Imaginären, das in Florida immer ein trockengelegter Sumpf ist. Smith braucht also keinen Verleger, sondern Steinmetze.
»Warum 3367 Stelen?«, werden sie fragen. »So viele Male ist

der Name Gottes im Alten Testament umschrieben«, würde er antworten, falls er seine Spielregel preisgibt. Buchstabe um Buchstabe seines Werks gelangt also in ein vielfaches Monument, das gotteslästerlich haltbar aufragt – und doch nur ein multiplizierter Grabstein ist, wie Johnny Barto Smith ohne Zweifel weiß.

3367-mal wird er gegen dieses Wissen anrennen und es gleichzeitig bewahren.

Ein Hüne trotzt dem Markt, der sein Werk nicht vervielfältigen will, indem er Granit aufstellt, zwischen dem der Wind hindurchfährt und singt.

In der Literaturwerkstatt schaukeln die Füße des Dichters vor den Augen des Publikums. Noch hält er sich in der Luft. Silben, lang oder kurz betont, Daktylen und Trochäen, viele von ihnen mit antiken Anspielungen befrachtet, füllen den Raum.

Doch das Schwingende hat sich unversehens in Kraftmeierei verwandelt.

Wie ein Autodidakt, der sich maßlos an seinem Können berauscht, gerät der Mann, der den Künstlernamen eines Zauberers trägt, zurück in die Schwerkraft.

Petrus bat Gott, den geschwätzigen Schweber Simon Magus hart zu strafen: Dreifach möge er sich den Schenkel brechen.

Simon Magus wurde mit Steinen vom Himmel geholt.

KW 2

Videobotschaft: Auf einer blau ausgeschlagenen Bühne, zwischen schlaffen Fahnen, erscheinen drei Gespenster. Sie sind gründlicher verkleidet, als für das Kinderspiel »Schokolade auspacken« nötig wäre – ein Spiel, bei dem man sich so schnell wie möglich Mütze, Handschuhe, Schal und Mantel anziehen muss, um mit Messer und Gabel eine eingepackte Tafel Schokolade aufzuessen.

Diese Gespenster tragen eine weiße Ku-Klux-Klan-Gesichtsmaske unter ihren schwarzen Baskenmützen, könnten also gar keine Schokolade essen, da ihre einzige Verbindung zur Außenwelt ausgeschnittene Augenlöcher sind. Aus denen blicken sie in die Kamera.

Mundlos dumpf versprechen sie unter den weißen Tüchern hervor Waffenstillstand. Hinter ihnen, an der Wand, ihr Emblem: Die Schlange der List ringelt sich um die Axt der Gewalt, und doppelzüngig heißt es »Voran auf beiden Wegen« – Dialektik der ETA, die glaubt, auf blauer Bühne eine listige Inszenierung abzuliefern.

Wie Geister der Ahnen, wie gesichtslose Abgesandte der mehr als 850 durch ihren Terror Getöteten sitzen drei schwarz-weiße Kapuzenmänner vermummt an einem Tisch und spielen sich selbst hinter ihrer Maske vor, sie könnten eines schnellen Tages das autonome Baskenland auspacken wie eine Tafel Schokolade.

Die Gespenster recken die Fäuste, treiben Mummenschanz zwischen schlaffen gelb-roten Fahnen.

Ein grell ausgeleuchtetes Bild: mit atavistischer Axt nur in den Grundfarben gemalt, aus denen alles andere erst noch gemischt werden müsste, um in den Blick zu bekommen, was sich außerhalb der Bühne verästelt und ohne Bomben bewegt.

KW 3

»Alternativlos« wird zum Unwort des Jahres 2010 erklärt.

Durch einen unterirdischen Tunnel sind der gestürzte tunesische Präsident Ben Ali und seine Frau nach Karthago und von dort nach Saudi-Arabien geflüchtet. Sie hatten 1,5 Tonnen Gold im Gepäck.

Silvio Berlusconi posiert im Garten der Villa Madama in Rom für Fotos. Mit botoxstarrer Stirn, Messerstrichmund und eng am Körper anliegenden Halbfäusten steht er vor einer Wand aus Efeu. Sein Blick geht schräg nach unten in die kurze Ferne des Wegseins oder Sichwegwünschens, wie der eines ertappten Schülers, der in der Ecke steht – und dabei auf Rache sinnt. Vielleicht fühlt er sich allein, aber er ist es nicht. Nur einen Schritt entfernt von seinem bleichen Gesicht, ebenfalls vor Immergrün, leistet ihm die marmorweiße Büste eines anderen alten, vergessenen Römers Gesellschaft.

GEIST DER PRINZESSIN ROKUJŌ

Über einen Steg gleiten bestrumpfte Füße auf den Schauplatz. Die Prinzessin blinzelt durch fünf Millimeter schmale Augenschlitze, kennt jedoch ihren Weg, bestimmt vom Schicksal und begleitet von Gesang und Musik. Kontrollierte, abgezirkelte Tanzschritte tragen sie voran. Ihre Züge, das Gesicht des Schauspielers nicht ganz verbergend, sind aus Zypressenholz: hoch auf der Stirn der Rußhauch der Augenbrauen, der Mund halb offen vor Leid.

Magisch angezogen von einem roten Kimono, der ausgebreitet auf dem Boden liegt, kommt sie näher. Sie wurde gerufen. Eine Geisterbeschwörerin hat sie gezwungen, dort zu erscheinen, wo der rote Kimono ein krankes, besessenes Opfer bezeichnet.

»Die Rache, die Wut, wie ein Ochsenkarren, immer im Kreis, suchen sie Vergeltung«, rezitiert der erschienene Geist der Prinzessin Rokujō. Einst begegneten zwei Prinzessinnen sich als Liebesrivalinnen auf einem Festplatz des Lebens, und Rokujō musste erdulden, dass ihr eigener Wagen von dem ihrer Konkurrentin, die einen roten Kimono trug, im Gewühl abgedrängt wurde, ebenso wie die andere, glücklichere Prinzessin die Gunst des von beiden begehrten Prinzen eroberte.

Nun dreht sich das Rad der Eifersucht, brennend und unaufhaltsam, und der ruhelose Geist der einstmals und für immer Unterlegenen macht die Siegerin krank.

Es ist Heian-Zeit, 10. Jahrhundert, in der Residenz des Ministers zur Linken. Im Hintergrund wächst aufgemalt eine einzelne, ewige Kiefer. Aufgereiht vor ihr spielen die Musiker Trommeln und Flöten, rezitieren singend, und manchmal fällt vom rechten Rand der auf den Fersen sitzende Chor ein.

Im nicht verdunkelten Raum entrollt sich der kodifizierte Schmerz bis zum Wahnsinn.

»Die Blüten von gestern sind die Tränen von heute«, klagt Prinzessin Rokujō, neigt ihren Kopf so beherrscht, dass ihr Elend beinahe feinstofflichen Ausdruck findet, vollführt dann aber Schwünge mit ihrem Fächer, die dem liegenden Kimono drohen wie Schläge. Auf ihrem Gewand überdauern Insektenkäfige und Blumen, gewebt, um Vergangenes im Gewebe der Zeit zu halten. Das ist auch die Aufgabe des Nō-Theaters, unverändert aufgeführt seit über sechshundert Jahren.

Während der Geist der Prinzessin zum Maskenwechsel verdeckt am Rand kniet, gleitet bestrumpften Fußes ihr eigentlicher Widersacher auf die Bühne: Ein Abt mit Gebetskette trifft ein in der Residenz des Ministers zur Linken, um dem Unwesen dort ein Ende zu bereiten. Was ihn erwartet, ist Raserei.

Der Geist, erneut erscheinend, enthüllt sich nun als finsteres Zerrbild einer liebenden, ohnmächtig besitzergreifenden Frau.

Prinzessin Rokujō hat Hörner und Reißzähne, aufgerissene Augen mit schwarz geweiteten Pupillen, Fledermausohren und schüttere, wilde Haarsträhnen, die sich wie zornige Rinnsale, wie Wutadern auf ihrer Stirn abzeichnen. Ihr riesiges Maul ist dauergefletscht in menschenfresserischer Vorfreude.

Eins geworden mit ihrem Trieb, verbreitet sie nur noch Schrecken – sieht jedoch gleichzeitig aus wie ein Mensch, dessen Gesicht zu der Schreckenslandschaft geworden ist, die ausweglos vor ihm liegt. Die alte Maske, eine Prägeform der Psyche, zeigt in ihren an der Nasenwurzel zusammenlaufenden Lidbögen große Trauer.

Rache und Qual bilden eine unauflösliche Einheit, vor welcher der heilige Mann mit seiner beschwörend geriebenen Gebetskette Ausfallschritte tanzt, die von stärkeren Ausfallschritten des Geistes beantwortet werden – so wogt der Kampf eine ganze Weile, unterlegt von Gesang und Musik, bevor er sich zum erwarteten Sieg des Mönchs steigert.

Das war die Lösung.

Die Magie ist ausgetrieben. Sie kauert, von religiöser Magie überrollt, auf dem Schlachtfeld.

Seit sechshundert Jahren gibt es Nō-Theater unter manchmal dunstigem, manchmal klarem Mond in Japan, aufgeführt in rußschwarzen oder stadthellen Nächten. Wären die Dächer der Spielstätten durchsichtig oder gar fortgeweht wie auf manchen Darstellungen alter Holzschnitte, so schaute man von oben hinein und sähe, dass noch immer Masken aus Zypressenholz sich vor Menschen und ihrem ausweglosen Schicksal bewegen.

Der Geist der Prinzessin Rokujō macht die Geste des Weinens.

Angedeutet, kurz wie der Luftzug einer ausgeführten Kalligraphie, verharrt die flache Hand vor den Augen.

Eine besiegte Gestalt kniet auf ihren Fersen. Dann geht sie langsam gleitend ab:

»Betrachte ich bis zur Morgendämmerung den Mond, so bin ich für ihn nichts als ein unsichtbares Luftgespinst.«

KW 4

Die Regierungspartei »Einiges Russland« lässt unter dem Stichwort »Goodbye Lenin« darüber abstimmen, ob Lenins Leiche aus dem Mausoleum auf dem Roten Platz entfernt und endlich bestattet werden soll.

Eine dreiundzwanzigjährige Pornodarstellerin stirbt bei der operativen Vergrößerung ihres Busens von Körbchengröße F auf Körbchengröße G.

WIE KOMMT DAS NEUE IN DIE WELT? Unter dieser pompösen Frageformel sitzen ein Zeichner und ein Theaterintendant in der Ausstellung des Zeichners zusammen, damit sie, umgeben von Publikum und bald verbrauchter Luft, ein Künstlergespräch darüber führen. Wieder einer dieser gut gemeinten, rundum misslungenen Abende, bei denen alle Beteiligten auf irgendeine Eigendynamik hoffen, die das Gespräch aus der Lähmung durch sein vorangestelltes Motto reißt. Am wenigsten aber weiß die Moderatorin und Gastgeberin, verantwortlich für die Frage, was sie eigentlich wissen will.

Der Zeichner Marcel van Eeden improvisiert mit rotem Kopf; der Theaterintendant Ulrich Khuon, geübt im Umgang mit Menschenmengen, erzählt Anekdoten.

Ich sitze so, dass eine Lokomotive aus den vierziger Jahren, ein Motiv aus van Eedens Serie *Letzte Reise nach Wien* neben mir auf dem Bahndamm vorbeifährt.

Mit Nerostift eher gemalt als gezeichnet, in sämtlichen effektvollen Abstufungen zwischen Schwarz und Weiß aus der Vergangenheit geholt und in die Gegenwart gebannt, braust der kohlschwarze Zug stehend auf seinem Gleis durch die Bildmitte, schwängert den weichen, grauen Himmel der Nostalgie mit enormen Dampfwolken, hält vor seiner Dunkelmasse zwei viel zu kleine weiße Lampen auf die Zukunft gerichtet und erschüttert unter sich den ganzen, in nervöser Schraffur zuckenden Bahndamm.

Dass Marcel van Eeden nur Motive aus der Zeit vor seiner Geburt im Jahr 1965 umsetzt (und laut eigenem Bekunden noch vierzigtausend dieser potentiellen Bilder auf dem Rechner hortet), ist eine Marotte, die Markenkern werden will; dass er seine Zyklen und Serien mittels Pseudobiographien und Pseudonarrationen vernetzt, ihnen auch vollkommen zufällige Texte unterlegt, die jeder Betrachter zwanghaft in einen Sinn zu drehen versucht, ist so ergiebig wie die Frage »Wie kommt das Neue …?«. Aber zeichnen kann er!

Und Ulrich Khuon kann erzählen. Als die Redenden in schon verzweifelt stickiger Atmosphäre aufs Scheitern zu sprechen kommen, bekennt er: »Jeden Tag gehe ich ins Theater und arbeite weiter. Schritt für Schritt. Und eines Tages bin ich wieder weg.«

Kann man das Leben besser zusammenfassen?

Dieser Abend war doch nicht ganz missglückt.

KW 5

Auf dem Tahrir-Platz in Kairo: Panzer, Schläger, Demonstranten, Blechplatten als Schutzschilde, herausgerissene Pflastersteine, ausgebrannte Autos, schiefe Straßenlaternen, Bäume ohne Laub.

Eine unabsehbare Menschenmenge
in unübersichtlicher Lage

Europa erfährt mit Entsetzen, dass bitterarme Aufseher im ägyptischen Museum die Vitrinen zerschlagen. Holzfiguren sind aus Totenbarken herausgebrochen. Sogar Götter fehlen.
Müde und alt schaut Europa hinter seinem hoch beladenen Teller auf, starrt über den Rand und schickt Reporter, die mit umgebundenen Halstüchlein von einem Balkon aus über Kairo berichten. Die Stadt liegt bleiern grau hinter ihnen, als sie in die Richtung deuten, aus der zu hören ist, dass scharf geschossen wird.

DER FILM DER GESCHICHTE heißt eine »Berliner Lektion«, die den aus Rumänien stammenden Filmemacher und Professor Andrei Ujica und den Medientheoretiker Professor Friedrich Kittler zusammenführt. Auf der Bühne des kleinen Renaissance-Theaters nehmen sie Platz, nachdem zuvor ein zehnminütiger Ausschnitt aus dem Film *Die Autobiographie Nicolae Ceauşescus* gezeigt worden ist, ein Dreistünder Ujicas, welcher aus kommentarlos montiertem Propagandamaterial, aus Panzerfahrten, Paraden, verordneter Volkstrauer und Ansprachen die Karriere des rumänischen Diktators erstehen lässt.

Ujica und Kittler nehmen Platz, vor sich Publikum im einzig erhaltenen Art déco-Theater Europas. Von der Decke strahlt ein zugleich ausgedünnter und opulenter Glasleuchter, die Wände schwingen galant intarsiert vor und zurück, liebkosen den Raum geradezu trügerisch intim.

Es dauert lange, bis einer von den beiden etwas sagt.

»Warum dreht man Filme, wenn doch die Weltgeschichte aus Büchern besteht?«, beginnt Kittler.

»Weil sie eben nicht mehr nur aus Büchern besteht«, antwortet Ujica, »denn seit der Landung der Alliierten in der Normandie im Juni 1944, bei der hundert Kameramänner mit dabei waren und filmten, gibt es dieses kulturelle Reservoir an Aufzeichnungen, also einen Film der Geschichte.«

»Ich bin im Nationalsozialismus aufgewachsen, ich will keine Wochenschauen mehr sehen«, muckt Kittler, um dann auf seinen archimedischen Punkt zu kommen: Solches dokumentarische Filmmaterial, wie Ujica es verwendet, müsse nachvollziehbar datiert und kommentiert werden, um verständlich zu sein. Keiner könne sonst wissen, was er da eigentlich sähe.

Folgt die erste von vielen Selbstverteidigungen des Filmemachers, denn mit unerschöpflichem Starrsinn bringt der Medientheoretiker nichts anderes vor als diesen einen, stets erneuerten Vorwurf, auf den Ujica mit stets erneuerten Ausführungen und Exkursen reagiert. So erläutert er etwa sein Misstrauen gegen Historiographien und »Schulaufsatz-Filme«, erzählt, wie sehr er Tolstois *Krieg und Frieden* als Beleg dafür sieht, dass einzig ästhetische Mittel sich der unreduzierbaren Komplexität der Geschichte zu nähern vermögen, denn er habe aus diesem Buch mehr über das Wesen der napoleonischen Zeit erfahren als aus irgendeinem historischen Traktat, zeigt sich begeistert von der Reaktion der amerikanischen Cineasten auf seinen Film *Die Autobiographie des Nicolae Ceauşescu*, weil sie, »befreit von jedem Restwissen über Europa«, ihn einfach als Fresko einer bestimmten Epoche gesehen hätten, spottet über den albernen Manierismus zeitgenössischer Unterhaltungsfilme, die schon das Aussteigen eines Helden aus seinem Auto gerne mit präzisen Zeit- und Ortsangaben untertiteln, gesteht, dass er im Gegensatz dazu versuche, aus Dokumenten Spielfilme zu machen – und dass sein Stoff, die Geschichte der rumänischen Diktatur, gesehen vor dem inneren Auge Ceauşescus, schließlich per se einen ideologischen Verblendungszusammenhang darstelle, der die Realität weitgehend leugne.

»Das muss man aber alles im Film dazusagen«, nörgelt Friedrich Kittler.

»Wenn man zu viele Bücher liest, kann man nur noch schwer Filme sehen«, kontert Andrei Ujica.

Trotz dieser Spitzen, die Dynamik vortäuschen, steckt das Gespräch vom ersten Augenblick an fest.

Schuld daran ist der Medientheoretiker Kittler, der nach störrischem Schweigen immer wieder auf seine einzige These zu Ujicas Filmen, siehe oben, zurückkommt und damit jede Entwicklung blockiert.

Der Film der Geschichte liegt als weiße Haut auf der leeren Leinwand, die vorher zehn Minuten lang einen Diktator und seine raumgreifenden Attribute gezeigt hat. Er wird weitergedreht mittels mehrerer auf die Bühne gerichteter Kameras, die den Livestream der »Berliner Lektion« ins Internet übertragen. Er umfängt erstarrt als Art déco das Publikum.

Der Lüster, der von der Decke hängt, strahlt klar und unerschüttert, aber ich ärgere mich im Rang des Renaissance-Theaters, umgeben von intarsierten Commedia-dell'Arte-Szenen. Hätte ich die Wahl gehabt, wäre ich gerne tiefer ins Nachdenken über die Wirklichkeitsbefragungen Andrei Ujicas geraten, statt sie durch stockfischige Maximen des Dottore Kittler aufgespießt zu finden.

Auf einem Glastischchen zwischen den beiden »Lektionären« liegt wie zufällig eine aktuelle Tageszeitung. Getrieben von schlecht gelaunter Übersprungsmotorik, rücken abwechselnd beide an ihr, schieben sie jeweils einige Millimeter nach rechts oder nach links, genau ausgerichtet an der Tischkante.

Und dann: Aufruhr im Publikum, das lange stillgehalten hat.

»Es reicht!«, schallt es. »Tunesien! Ägypten! Etwas zum Film der Geschichte!«

Professor Kittler: »Revolutionen werden für die amerikanischen Medien von amerikanischen Medien inszeniert. Ich bitte Sie, den Medienereignissen nicht einfach so zu trauen, dass Sie sie mit Politik verwechseln.«

Professor Ujica: »Gut. Machen wir Schluss.«

KW 6

Siebzehn Minuten lang wird der Kopf Hosni Mubaraks mit einer statuarischen Rede auf dem Tahrir-Platz übertragen, bevor der Herrscher einen Tag später, am Revolutionstag Nummer achtzehn, aufgibt.
Ägypten ist in dunkelrotes Freudenlicht getaucht, aus dem sehr hohe Straßenlaternen aufragen und triumphierend geschwenkte Fahnen beleuchten.
Der DAX steigt auf sein Jahreshoch.

Ein Sprecher des Obersten Militärrates tritt im Helm vor die Kameras, entbietet den Märtyrern der Revolution salutierend seinen Gruß, grüßt auch Präsident Mubarak und dankt ihm für das, was er für sein Land getan hat.
Während der Sprecher angestrengt den geordneten Umbruch zu beschwören versucht, gerät hinter ihm, am anderen Ende des Raums, ein Soldat ins Bild, der hinter einem Türsturz seitlich hervorkommt, dann begreift, dass auch er gefilmt wird, sich hastig zurückzieht, aber wie von den Fäden der Geschichte gezogen wieder hervorschaut, sich gleichzeitig zu verstecken sucht und sehen will, was vorgeht – auf diese Weise als stete, unruhige, alarmierende Bewegung mit im Bild: ein halber Mensch, ein Einauge, ein Kopf, der vor- und zurückzuckt, der hinter dem Rücken des Sprechers agiert, unfähig, der Disziplin des großen Moments zu gehorchen.
Er ist jung, der Soldat – so wie die Revolutionäre.

IM FENSTERLOSEN

Sechs Männer reisen zum Mars. Ihr Raumschiff, von innen holzverkleidet, bewegt sich nicht spürbar. Es braucht bis zum Roten Planeten mehr als zweihundertfünfzig Tage.
Zweihundertfünfzig Tage!
Die Männer entfernen sich immer weiter, werden also immer kleiner.
Was machen sie?
Sie führen Experimente aus, trainieren ihre schwächer werdenden Muskeln und twittern. Manchmal haben sie Funkkontakt zur Bodenstation. Mittlerweile dauert es zwanzig Minuten, bis sie eine Antwort hören, zerkratzt und zerknittert aus der galaktischen Schwärze kommend, die sich wie tödliche Langeweile immer weiter ausbreitet.
Die Männer kennen sich gegenseitig schon recht gut. Das Hauptmodul, in dem sie leben, ist hundertachtzig Quadratmeter groß. Es presst sechs Individuen in unausweichliche Beziehungen, und innerlich geflucht wird auf Russisch, Chinesisch, Französisch und Italienisch, während die Verkehrssprache Englisch ist.
Eine Gitarre ist auch an Bord. Oft singt einer von irdischen Zielen, die allmählich verblassen, obwohl muskelgeschwächte Beine noch im Rhythmus der Lieder mitwippen.
Die Tage gleichen sich. Ihr einziger Unterschied besteht darin, dass sie sich aufaddieren und dadurch die Summe des Unterwegsseins ändern. Trotzdem gleichen sie sich. Sie lungern zerkratzt und zerknittert an Bord herum, zögern, ob sie vergehen sollen oder bleiben wollen. Menschen verfluchen auf Russisch,

Chinesisch, Französisch und Italienisch, in solcher Ödnis zu sein. Im All zu schweben ist nicht interessanter, als in einer leeren Geldbörse zu versinken.

Doch dann: der Mars!

Drei Astronauten steigen ins Landemodul um, legen ihre Raumanzüge an und setzen auf Sand auf. Die Luke öffnet sich.

Ein Russe und ein Italiener betreten Neuland. Zuerst hissen sie die russische Flagge, danach laden sie einen Campingtisch aus, der wie ein hochgestelltes Bügelbrett seine Beine über dem Sand kreuzt. Auf ihm platzieren sie etwas, das an Diakästen erinnert. Sie hantieren in der Ferne, bunt und verschwommen von einer Bordkamera aufgenommen. Sie bemühen sich zurechtzukommen.

Der Himmel ist schwarz und so nah, dass seine Querstreben sichtbar sind. Über den Köpfen der beiden Erdlinge blinkt eine LED-Lichterkette. Sie nehmen in der angedeuteten Landschaft Bodenproben, suchen nach Wasser, steigen schließlich zurück in die Landefähre und docken wieder am Mutterschiff an.

Auch der Rückflug wird etwa zweihundertvierzig Tage dauern. So lange werden sechs Männer im Fensterlosen bleiben, isoliert in einem holzvertäfelten Komplex, der in einem Moskauer Labor errichtet worden ist, um das Verhalten einer Menschengruppe im Unerreichbaren zu studieren.

Die Simulation »Mars 500« soll eine echte Expedition vorbereiten.

Leider fehlt Versuchen, die Wirklichkeiten nachbauen, fast immer etwas Entscheidendes: Hier ist es das Aussetzen der Schwerkraft.

Bei der Besatzung der Raumstation MIR kam eines Tages knisternd die Frage von der Erde an: »Was macht ihr gerade?«

Antwort nach einer kurzen Pause:

»Wir wirbeln hier so herum ...«

KW 7

Angela Merkel hat bei Facebook 70 000 »Gefällt mir«-Reaktionen.
Heidi, das schielende Opossum aus dem Zoo Leipzig, hat 313 000 Fans.

Gefahr heißt eine amerikanische Fernseh-Quizshow. Der IBM-Computer Watson, dessen Monitor als sprechende Black Box zwischen zwei menschlichen Champions auf einem Ratepult steht, gewinnt gegen die beiden. Mit zweitausendachthundert parallel geschalteten Prozessoren, untergebracht in einem Nebenraum, und einem Datenspeicher, der die Weltliteratur, Wikipedia und zehn Jahrgänge der *New York Times* enthält, triumphiert er in einer sprachgestützten Situation, in der angeblich auch quer oder um die Ecke gedacht werden muss, echte Wortspiele jedoch fehlen. Rätsel erweisen sich für Watson als lösbar, weil es genügt, gigantische Faktenmengen nach ihren Reizwörtern zu durchkämmen.
Genialität ist also die Schnelligkeit, mit der Vorhandenes abgeklopft wird.
Watson verknüpft dafür tausend Algorithmen.
Den menschlichen Verlierern bleibt nur Lächeln.
Quiz-Ikone Ken Jennings, nach vierundsiebzig hintereinander folgenden, wie in Reihe geschalteten Siegen nun vom Computer außer Gefecht gesetzt, rückt seine blaue Krawatte zurecht und verneigt sich vor dem »neuen Meister«.

KW 8

Deutschland starrt in die Kristallkugel, um das Schicksal des Verteidigungsministers Karl-Theodor zu Guttenberg zu erfahren, dessen Doktorarbeit sich als dreistes Plagiat entpuppt hat. Der Minister, vom Volk noch immer auf Händen getragen in seiner Adelsblase, ist entschlossen, die ganze Affäre als Frage der persönlichen Ehre abzuhandeln, also getreu einer der Devisen, für die er als andersartig geliebt wird. Ein Mal entschuldigen und der zackig zurückgereichte Doktortitel müssen im Milieu der Ehrenmänner reichen.
Freiherr KT zu G – Friedbold der vom Mittelmaß gekränkten Seelen – steigt in Umfragemehrheiten jetzt höher als vorher. Seine Adelsblase, die gern mit einem Nimbus verwechselt wird, ist jedoch ein Luftballon, in dessen Innerem ein kleiner Plastilin-Krieger hin- und herwackelt.
Abend für Abend stürzen im deutschen Fernsehen Hühnerhauten aufeinander los, überschreien die jeweiligen Moderatoren und bringen in die Luft hackend alle Argumente der Causa Guttenberg vor.
Der Minister tritt unterdessen bei einer Wahlveranstaltung auf und erklärt unter großem Beifall: »Eine fränkische Wettertanne hauen solche Stürme nicht um.«

Libyens Machthaber Muammar al-Gaddafi, in ernster Bedrängnis, da der Ostteil des Landes unter der Kontrolle von Aufständischen sein soll, sitzt in einem alten Auto, bei geöffneter Wagentür, und hält einen großen Schirm in der Hand, der sich

teils über dem Ausstieg und teils über dem Autodach aufspannt. Es regnet in Tripolis, darum ist der Schirm auch ein Beweis, dass Gaddafi nicht nach Venezuela geflohen, sondern bereit ist, in seinem eigenen Land als Märtyrer zu sterben.
Schon haben seine Schergen und Söldner hunderte, wenn nicht tausende Menschen umgebracht, doch der ewige Revolutionsführer sitzt unter dem Schutz eines enormen Schirms, der sein altes, wahrscheinlich noch fahrtüchtiges Auto bei genügend Wind vielleicht sogar zu einem Flug in die Luft reißen könnte, hoch über die libysche Wüste, in der Öl und Blut versickern und die Fata Morgana ewiger Herrschaft zu flirren beginnt.
Gaddafi bezichtigt seine Gegner, Drogen genommen zu haben.
»Ich bin noch da«, sagt er.
Auf sein Schirmdach trommelt der Regen.

LEGGY

Die Tore der Startboxen fliegen auf wie von Raketenrampen abgesprengte Teile – der Lauf beginnt. Sechs Nasenspitzen erscheinen. Um sie der vertraute Geruch eines Stadions, gemischt aus Menschenausdünstungen und altem Stahl, aus Frittierfett und Jagdeifer. Von Anfang an sind die Nasenspitzen nicht gleichauf, sondern modellieren das Feld pumpend: mal den Umriss der Laufenden auseinanderziehend, mal zusammentreibend, doch stets in der Spannung einer Meute haltend.
Sechs Windhunde hetzen einen toten Hasen.
Für einen von ihnen wird es sein letztes Rennen sein.
Leggy kommt aus der Startbox geschossen, wittert, dass Bekannte um ihn sind, denn er ist schon so oft gelaufen, dass er viele Meuten kennt; auch das Scheinwerferlicht auf der Rennbahn kennt er, sowie das Dunkel dahinter, und wenn er die Startglocke hört, weiß er genau, dass als Nächstes das Tor seiner Box auffliegt und den Blick freigibt auf eine unwiderstehlich flüchtende Beute.
Er versucht, sie einzuholen. Seine Nasenspitze schiebt sich an zwei anderen Nasenspitzen vorbei, versucht, näher heranzukommen an das helle, davonsausende Fell, dem sie alle nachjagen, aber es bleibt in gleichem Abstand vor ihm.
Der Mann, der die Hasentechnik bedient, hat das Lockmittel leicht beschleunigt, denn es muss immer zwanzig Meter vor dem schnellsten Hund sein.
Leggy fletscht die Zähne unter seinem Maulkorb, um besser Luft zu bekommen. Seine Läufe trommeln auf trockenen Sand,

zusammen mit zwanzig anderen Läufen, die ebenfalls auf trockenen Sand trommeln. Die Meute ist einmütig, auch darin, dass jeder Einzelne in ihr versucht, sich von ihr abzusetzen, was nicht gelingt, weil alle hinter einem gemeinsamen Ziel herrasen. Der Hasenzieher verlangsamt das Stück Fell wieder etwas.

Die Hunde keuchen. Sie glauben, es gleich zu haben.

Im Stadion wabern die aufgeregten Ausdünstungen derer, die um ihre Wetteinsätze fiebern, in Hot Dogs beißen und sich an Geländern aus altem Stahl festhalten. Sie schreien, um eins der graubraunen Tiere unten auf der Bahn anzufeuern, um die eine Nasenspitze nach vorn zu bringen, auf die sie gesetzt haben. Sie zerknüllen schweißnasse Zettel mit einer Startnummer in ihrer Hand. Das Rennen ist so gut wie gelaufen.

Da fällt Leggy zurück.

Sandfarben bleibt er in der Luft hängen über dem Rennsand, in sich selbst verhakt wie ein Standbild, und kommt nicht wieder auf den Boden. Gerade haben seine Vorderläufe ihn so kraftvoll abgestoßen, dass sie im Flug bis zurück unter seinen Schwanz reichen, und die Hinterläufe, ebenfalls in der Luft, sind dabei, die Vorderläufe zu überholen, als Leggy mitten im Sprung zum Denkmal wird.

Den Kopf weit vorgestreckt, die Ohren angelegt, seine Beine unter sich, hat er etwas im Blick, das zu verfolgen sich lohnt, wird jedoch angehalten und in ein notdürftig mit Fell bedecktes Gerippe verwandelt. Auf dem Bogen seines Rückens kann man jeden Wirbel zählen, und der Schwanz setzt die Wirbelkette ebenso deutlich in einem umgekehrten Bogen fort – beide zusammen ein gespanntes, verdrehtes, horizontales S bildend, also ein Fragezeichen ohne Punkt.

So wie dieser Windhund in vollem Lauf erstarrt, sitzt die Mischlingshündin Laika, von der Straße aufgelesen und lange trainiert,

still in einem Käfig namens Sputnik, dessen Trägerrakete sich von der Rampe löst, ihre Halteteile absprengt und in die Vertikale des Weltraums aufsteigt. Laikas Kapsel, in der sie nur stehen, sitzen oder liegen kann, hat ein Guckloch. Durch dieses Fenster sieht sie erst Wolken, dann Himmel, dann Sterne. Laika wurde ausgewählt für den Flug wegen ihres Gleichmuts. Bei den Tests am Boden erhöhte sich ihr Puls weniger als der anderer Hunde, und ihr Vertrauen in ihren Trainer war unerschütterlich. Behütet von Stahl blickt sie jetzt in die Reizarmut eines Triumphs. Die Temperatur im Sputnik steigt ständig an, denn die Kühlaggregate arbeiten nicht richtig – hechelnd, vielleicht jaulend, vielleicht still, verendet Laika.
Tot wird sie noch monatelang als kleines, liegendes Fragezeichen die Erde umrunden, bevor sie beim Wiedereintritt in die Atmosphäre verglüht.
Ein Denkmal erinnert an diesen Hund.

Leggy wird nach dem schlecht gelaufenen Rennen weggeführt. Er stakst, als müsse er gegen einen Sturm ankämpfen. Alte Windhunde sind etwas Jämmerliches, sind peinlich wie hochkant auf vier Beinen schwankende, durchgescheuerte Teppiche, aber Leggy ist nicht alt.
Seine Nasenspitze zuckt, denn sie wittert Menschenausdünstung und Stahl.
Wo ist das helle, davonsausende Fell, dem alle nachjagen?
Dann trifft ihn der Schuss einer Bolzenpistole. Er fällt in eine Grube, in der ihn schon viele andere Rennhundgerippe erwarten.

KW 9

Zwei Uniformierte beugen sich von zwei Stockwerken aus über steinerne Brüstungen, schauen nach unten. Über ihnen ist die verglaste Decke eines Lichthofs. Unter ihnen, auf dem Boden dieses Schachts, steht der Minister zu Guttenberg auf einem abgewetzten Teppich und hält seine Rücktrittsrede.
»Das mag sein oder nicht sein«, sagt er.
Die Rede ist ungefähr zwei Seiten lang. Sie handelt von Kräften, Charakter, Vorwürfen.
Hinter Guttenberg ragt die Lanzenspitze eines Fahnenhalters auf, so dass sie als goldener Pfeil aus dem Scheitel seines Kopfes wächst.
Säulen setzen den Minister nach oben fort, tragen zwei Stockwerke.
Die beiden Uniformierten beugen sich von dort aus über das Geschehen, feierlich innehaltend wie die Zeugen auf barocken Deckengemälden – aber sie könnten auch Aufseher sein.
Das Himmelsglas über ihnen gleißt. Je höher man schaut, desto mehr verblaut das Licht.

Michèle Alliot-Marie, französische Außenministerin, fletscht ihre Zähne, reißt die Augenbrauen nach oben, bis die Stirn in Faltenriffeln liegt, krümmt die rechte Hand zu einem Haken, mit dem sie empört ihr rechtschaffenes Ich hervorholt.
Sie hat während eines Aufenthalts im revolutionären Tunesien Unverfrorenheiten und Ungeschicklichkeiten begangen.

»Wenn ich im Urlaub bin, bin ich nicht Außenministerin«, sagt sie.
Der Präsident zwingt sie zum Rücktritt.
Sie droht, mit ihrer hakenförmigen Rechten ab sofort Bücher zu schreiben, die Unangenehmes ans Licht befördern.

SECRET LIFE ist der Teil einer Videoinstallation von Reynold Reynolds, der in einem Sperrholzplattenwald aus Labels präsentiert wird: Im »Labor Berlin«, in Zusammenarbeit mit der »transmediale 11«, einem »Festival der Gegenwartskultur«, das unter dem Motto »RESPONSE:ABILITY« die neuen »biopolitischen, ökonomischen und affektiven Dimensionen der Gesellschaft« ausloten will.

Himmel! Muss Kunst, die noch keinen Logenplatz erobert hat, sich dermaßen hinter Etiketten verbarrikadieren? Ewige Karnevalsumzüge der Relevanz ...

Reynold Reynolds aus Alaska kann nichts dafür, dass die Veranstalter seine Arbeit mit solchem Kategorienplunder behängen. Ich warte auf den »Artist talk« mit ihm. Statt findet er im Untergeschoss im Haus der Kulturen der Welt, und der Interviewer, fachlich seriös im lustig gepunkteten Hemd, stellt dem Künstler die üblichen quälenden Fragen: ob sein Leben in Berlin seine Kunst verändert habe, und wenn ja, wie. Ob er sich fremd fühle, und wenn ja, warum.

Reynolds lässt diese Prozession an sich vorüberziehen und schlägt vor, seine Arbeit zu zeigen. Also wird *Secret Life* auf die Leinwand hinter dem Podium projiziert:

Eine Frau lebt in einer Wohnung voller wuchernder Pflanzen, deren Bewegungen die Kamera ins Sichtbare holt, denn durch die Manipulation, alle zwei Minuten ein Bild zu schießen und dann fortlaufend zu montieren, enthüllen vor allem die Rank-, Schling- und Kletterpflanzen ihren ungestümen Charakter in

paralleler Zeit: Die Schwarzäugige Susanne schwingt kreisend ein Lasso, um Halt zu finden im Nichts; Wildtulpen blühen schwankend auf wie Betrunkene; Kapuzinerkresse richtet ihre Blattflächen so entschlossen nach dem Licht, dass ein ständiger Schauer des Besinnens durch ihre auf Stielen balancierten Teller wandert; Bohnen erkunden spiralige Aufstiegsmöglichkeiten – und Bücherregal, Badezimmer und Bett der Wohnung liegen längst unter einem grünen Pelz, zwischen dem sich zunehmend desorientiert die nackte Frau bewegt. Kreisförmig umrundet die Kamera dieses Geschehen, soll das Auge eines Uhrzeigers sein, aber kein Konzept kommt an gegen die suchende, tollkühne Schönheit der Schwarzäugigen Susanne, die ohne zu zögern ihr Lasso ins Nichts schleudert.
Das Licht geht wieder an. Ungefähr zehn Minuten geheimes Leben sind vorbei.
Der Mann im gepunkteten Hemd stellt Fragen, Reynold Reynolds antwortet.
Seine Filme werden verortet an der »Schnittstelle zwischen Wissenschaft und Kunst«, forschen nach den »physikalischen Unterströmungen der menschlichen Existenz«, gehen »der Zeit auf den Grund« ...
Währenddessen verdrückt sich das geheime Leben im Sperrholzplattenwald aus Labels, die das ganze Untergeschoss vollstellen.

PASSING THROUGH

Zwei langhaarige Männer schrauben die Motorhaube ihres frisierten 55er Chevrolets auf, öffnen sie und beugen sich kennerhaft über das Innere: eine Maschine, die ständiges Unterwegssein garantiert. Sie ist gut in Schuss. Der eine Mann, der Fahrer, jagt sie bis an ihre Grenzen, der andere, der Mechaniker, hat ein Werkzeugset in der hinteren Hosentasche, um kleine Probleme sofort beheben zu können. Die beiden wechseln nicht mehr als einen Blick, dann klappen sie die Motorhaube wieder zu. Sie steigen ein und fahren weiter.

Der Chevrolet rollt durch Amerika, ohne jemals irgendwo anzukommen, aber manchmal beschleunigt er kurz und heftig, und manchmal hält er an Tankstellen.
Wenn er beschleunigt, fährt er Rennen: Illegale, halb legale oder legale Rennen – auf jeden Fall verdient der Fahrer damit das Geld, um weiter so zu leben, dass es keine Rolle spielt, welche amerikanische Gegend an seinen Seitenfenstern vorbeizieht. Es sind ausgetrocknete, banale Gegenden, durch die er fährt, es sind Orte, an denen überall das Schild »Bin nebenan« baumeln könnte. Es spielt auch keine Rolle, wo er gelegentlich schläft, trinkt oder andere wortkarge Schemen trifft, die im Fahrzeugrausch im riesigen Land nomadisieren.
Lenkrad, Schaltknüppel, Gaspedal, Motorengeräusch und stets mögliche Beschleunigung sind das Einzige, was seine Existenz ausmacht. Manchmal tänzeln seine langen Haare im Fahrtwind.

Wiederauftauchende Gefühle, Geschwindigkeiten und Utopien sind sehr lebendige Fossilien in Monte Hellmans Film *Two-Lane Blacktop (Asphaltrennen)* von 1971.
Und Hellman ist ein unbestechlicher Zeitnehmer: Liebe zur Geschwindigkeit hat hier nicht nur mit Testosteron, sondern vor allem mit einem ›getunten‹ Ethos zu tun – mit dem typischen Drive der Konventionen und Seinsentwürfe der siebziger Jahre, die ihre Ziellosigkeiten immer als Aufbruch überhöhten.
Es schmerzt geradezu, den statuarischen Fahrer eingesperrt im Offenen zu sehen, wenn sein Auto, ab und an von außen gezeigt, wie eine Hoffnung durchs Bild rast.

Die Gegenden wechseln und bleiben doch gleich. Die Kamera wohnt auf der Rückbank im Wageninneren. Gespräche beschränken sich auf technisches Kauderwelsch oder sinniges Schweigen. Das Werkzeugset in der hinteren Hosentasche wartet auf seinen Einsatz.
Begegnungen? Flüchtige.
Eine Weile reist ein Mädchen im Fond des Chevrolets mit, verschwindet wieder. Ein Pontiac GTO, dessen Besitzer nur zu der Identität »GTO« gelangt, fordert zu einem Wettrennen quer durch die Staaten heraus, das beginnt und dann stillschweigend versandet, während GTO verschiedene Tramper mitnimmt und ihnen jeweils seine anders erfundene Autobiographie erzählt.

Zum Schluss sitzt der Fahrer wieder am Steuer, bereit, mörderisch zu beschleunigen. Kurz bewegen sich seine Haare.
In der Totenstille, die ihn im Cockpit einschließt, frisst sich das Filmbild fest und verschmort.

»Wohin?«, fragt ihn einmal jemand. »Passing through« ist die Antwort.

KW 10

Wegen der Meuterei der Deutschen, die aus Angst um ihre Automotoren den Kraftstoff E10 nicht tanken wollen, beruft Wirtschaftsminister Brüderle einen »Benzingipfel« ein.
Anschließend von ihm verkündetes Ergebnis: »ein geschlossener, enger Schulterschluss«.

Die NASA-Raumfähre Discovery ist auf ihrem letzten Rückflug zur Erde. Unten angekommen, soll sie im Museum landen.
Noch ist sie unterwegs, mit einer Astronautin am Steuerknüppel, der die Haare zu Berge stehen vor fröhlicher Schwerelosigkeit. Überall sind Kabel festgeklebt, die sich seit den siebziger Jahren in psychedelischen, aber funktionsfähigen Spiralen durch den Innenraum der Fähre winden. Instrumente, Mobiliar und Bordbücher bilden die Rumpelkammer einer Ära. Alles scheint möglich hier, vor allem die abenteuerlichste Improvisation, falls etwas schiefgeht. Eine Bastelstube im All.
Das Lächeln der Astronautin ist wehmütig.

Japan! Japan! Japan!
Der Planet schwingt wie eine Glocke
nach einem Seebeben der Stärke 8,9
Die Rotationsachse der Erde ist um zehn Zentimeter verschoben
Ein Tsunami an der Nordostküste Japans; tausende Tote; ein Kernkraftwerk, das außer Kontrolle gerät

GELEIMTE GÖTTER

Selbst jahrtausendealte Weisheiten besagen nicht mehr, als dass der Zugang zur Unsterblichkeit versperrt ist.

Gilgamesch, königlicher sumerischer Sucher, muss dies lernen – ebenso der aramäische Fürst von Guzana, der die Schauseite seines Palasts mit steinernen Monumentalbildnissen schmückt: Sie sollen an den Zwillingsberg erinnern, dessen zwei Gipfel den Himmel tragen. Dort, am mythischen Rand der Welt, wo die Sonne morgens und abends durchs Gebirge muss, bewachen Skorpionvogelmenschen ihre Pforten, also lässt der Fürst von Guzana Skorpionvogelmenschen in Stein hauen und links und rechts vom Eingang zu seinem Palast aufstellen. Auch Götter auf Löwen postiert er dort, mit weißen Augen aus Kalksteineinlagen.

Wer sind die Götter des Zweistromlands? Wetter, Sonne, Weisheit, Liebe, Krieg.

Aus Basalt geformt, überlebensgroß, schauen sie über den Betrachter hinweg, in der Hand ihre Attribute.

Und dann verschüttet die Zeit sie, wie sie auch den Herrscher des Palasts verschüttet, weht Sand zusammen zu einem Hügel, über den Wetter, Sonne, Weisheit, Liebe und Krieg ziehen, ohne auf den Boden zu achten, über den sie ziehen – bis der Amateurarchäologe Max von Oppenheim 1911 an jenem Hügel kratzt und in geringer Tiefe seine jahrtausendealten Götter, Stiere, Löwen und Grabfiguren freilegt.

Die Funde gelangen in Oppenheims Privatmuseum, eine Fabrikhalle. Dort stehen sie und schauen über die Betrachter hinweg in

die Ferne, bis eine Brandbombe des Zweiten Weltkriegs niedergeht und sie verschüttet.
Löschwasserstrahlen lassen den erhitzten Basalt in 27 000 Teile zerbersten.
Kopf hoch! Mut hoch! Humor hoch!, ruft Max von Oppenheim, ein zeitloser Optimist.
Nun sind diese geborgenen Splitter noch einmal auferstanden.
Skorpionvogelmenschen wachen mit hohlen Augen, spüren, dass niemand mehr Angst vor ihnen hat. Götter halten sich an ihrem jeweiligen Attribut fest, ihre schmalen Lippen aus Stein sphingisch nach unten gezogen.
Kein Max von Oppenheim ruft sie mehr mit ergriffenen Kosenamen.
Lampen holen sie aus dem Grabesdunkel.
Sie freuen sich ganz und gar nicht, erneut zusammengesetzt zu sein, denn da sie zu oft zerbrochen sind, haben sie nur noch den Wunsch, sich in der Erde, aus der sie gemacht sind, wieder aufzulösen.
Geleimt aufragend wissen sie: Der Zugang zur Unsterblichkeit ist versperrt, doch das Licht eilt weiterhin morgens und abends durch Gebirgspforten.

KW 11

Im Starrkrampf vor dem Fernseher, durchlaufenden Einblendungen der Nachrichtensender folgend: Kernschmelzengefahr im Atomkraftwerk Fukushima.
Wie eine betäubte, dumpfe Puppe tritt der japanische Regierungssprecher auf und ab und wieder auf, stets Schlimmeres verkündend.
Die Welt steht am Hochofen der Hochrisikotechnologie, schaut in die Flammen.
Nur eins zählt: Kühlung.
Aber Brennstäbe führen ihr eigenes Leben.
Zwei Nebensätze, der eines Wirtschaftsanalysten und der eines Physikers:
»Falls der Großraum Tokio bewohnbar bleibt …«
»Eine Kernschmelze führt auf das Gebiet unbekannter Physik …«

Das Moratorium der Atompolitik, das von der deutschen Regierung ausgerufen wird, gilt leider nicht für die Ereignisse in Japan.

KW 12

Ein paar Minuten Tsunami haben genügt, um 27 000 Menschen zu töten und die meisten von ihnen verschwinden zu lassen. Was noch da ist, sind die Trümmer ihrer Behausungen, dazwischen Familienfotos und stehengebliebene Uhren. Die Überlebenden frieren apathisch panisch in Turnhallen, zünden in Bergdörfern ihre letzten Kerzen an.

In einem Kontrollraum in Fukushima brennt wieder Licht

Schwarzer Rauch
über diesem oder jenem Reaktor

Verbranntes Fleisch
an den Füßen verstrahlter Techniker

Der Gouverneur von Tokio trinkt ein Glas Wasser vor laufender Kamera
Es ist radioaktiv
»Das Wasser von Tokio hat immer geschmeckt«
sagt er

Minister Brüderle zwinkert Wirtschaftsbossen zu:
»Atom-Moratorium? Wahlkampfdruck!«
Er strahlt beruhigend
RWE-Chef Großmann rennt trotzdem raus zum Telefonieren

Sechs Reaktoren, die nun zum Seelenhaushalt gehören
Sechs Blocks, um die ein Stellungskrieg tobt

Im Turbinenhaus bei Block zwei
steht Wasser mit zehnmillionenfach oder hunderttausendfach
oder tausendfach erhöhter Radioaktivität

In einem der Kontrollräume brannte wieder Licht

EXOPLANET RBX 2D

Auf Rbx 2d hängen sie keine Bilder auf.
Ameisenähnliche, geduckte Existenzen springen von Scholle zu Scholle, die auf zähflüssigem, glühendem Untergrund treiben. Stets herrscht Nacht. Stets verändert sich etwas. Im Dauerschatten eines anderen Planeten wird Rbx 2d nur erleuchtet von seinem eigenen Magmameer, wo immer es aus Ritzen nach oben dringt, wo immer es Säulen oder Seen bildet, als unbändiges, glühendes Netz über den ganzen Himmelskörper gezogen.
Schon lange verschieben sich die Schollen gegeneinander, wandern gefügig durch Räume, deren Abmessungen gleichgültig gegen Ameisensprünge sind. Die Existenzen auf Rbx 2d lassen ihre Fühler kreisen, um sich zu wappnen. Sie schlingen sich zu Karawanen zusammen – lang und düster im Widerschein der rumorenden Glut. Ihre Beine gehen vorwärts auf schwimmenden Inseln, spüren nicht, dass sich unter ihren Füßen etwas verkeilt. Die Schollen genügen Gesetzen, die sie nicht selbst gemacht haben, drücken untergründige Spannungen aus, ohne ihnen nachzugeben, um ihnen dann doch irgendwann nachzugeben, wenn der Druck zu groß wird und sich in einem Schütteln des Planeten Rbx 2d entlädt.
Diejenigen, die den Planeten besiedeln, die keine Hände haben, also keine Bilder aufhängen, knoten ihre Fühler aneinander und bilden so eine Schrift. Sie zieht sich über sämtliche Schollen. Schwarzfüßig lamentiert sie über die Wetterwege des Schicksals, mäandriert durch Zonen, in denen einer erscheint, welcher alles mit seinen riesigen Beinen bewegt, spekuliert über das, was

jenseits des Dauerschattens als glimmende Punkte verschlüsselt liegt, saugt sich an ihren nur lose geknüpften Enden voll mit doppelbödigen Tanzschrittchen, die für den Anfang der Schriftzüge, für den Karawanenführer, unlesbar sind.
Buchhaltung geht über in Figurationen.
Die Ameisenexistenzen scheinen geduckt, wenn sie miteinander weitläufige Geschichten schreiben, doch sie ducken sich durchaus nicht immer. Manchmal stellen sie sich übereinander, klettern einer auf den Rücken des anderen, bauen einen Turm, um Entfernteres zu entdecken – und vielleicht zu beherzigen.
Sie entziffern sogar Prophetien. Plötzlich sehen sie eine riesige Hand, die aus dem Nichts kommt und Horrorbefunde sortiert. Benommen steigen sie wieder herab, einer nach dem anderen, lösen den Turm auf und schütteln die Köpfe mitsamt den Fühlern. Dann ducken sie sich in die nächste Kette der Zusammenhänge, lamentieren, mäandrieren, spekulieren und fallen am Ende in Tanzschrittchen, anmutig und ahnungsvoll, obwohl sie nichts wissen. Sie tanzen, als zögen sie ein Netz an Land, glühend vor Schönheit. Sie tanzen und tanzen. Seltsam, dass sie nie müde sind.
An dem untergründigen Ort, an dem es nichts als Spannungen gibt, fließt Magma, nimmt Widerstände mit und verkeilt sie so unnachgiebig ineinander, dass der Druck irgendwann übergroß ist. Ein leises Zittern unter den Füßen der Ameisen auf Rbx 2d kündigt an, was passieren wird.
Schollen bersten. Glutsäulen bäumen sich auf. Schriftzeichen brechen ab.
Nur Bilder, niemals aufgehängt, entgehen der Vernichtung.

KW 13

Obduktionsbefund:
Knut, Eisbärfetisch aus dem Zoo, von Hand aufgezogen, geliebt unter Seligkeitskrämpfen, in seinem kurzen Leben millionenmal bei seinem Namen gerufen, im Eisbärengehege weder glücklich noch unglücklich, nur da, immer eine buntfleckige Masse aus Rufenden sehend, die nicht in sein weißes Habitat passte, das er zuletzt nur noch am Leib trug, hat sich in einem winzigen Kreis um sein eigenes, zitterndes Hinterbein gedreht, fiel ins Wasser und ertrank.
Grund war eine unheilbare Gehirnentzündung.
Den Zoo trifft keine Schuld.

Auf der libyschen, mit Plastikflaschen übersäten Steppe steht auf einer Schaumgummimatratze, eingehüllt in eine Bettdecke, ein Flüchtling. Hinter ihm Gepäckstücke, Schuhe, in einigen Metern Abstand andere Flüchtlinge, zur lockeren Menschentraube zusammengeballt, auf die Abendsonne scheint.
Der Mann, Gastarbeiter aus Ägypten, Tunesien oder Sudan, dreht sein dunkelhäutiges Gesicht zur Kamera mit dem Ausdruck distanzierter, geradezu abschätziger Verzweiflung darüber, leicht wie Plastikmüll von den Ereignissen des Bürgerkriegs an den Rand geweht – und dann fotografiert zu werden.
Auf der Bettdecke, in die er sich hüllt, ist der Hund Snoopy aufgedruckt. Die Augen vor Behagen zusammengekniffen, eine Schlafmütze auf dem Kopf, ist Snoopy unterwegs, zieht ein Spielzeugauto hinter sich her. Schlafwandelt er?

BILDER EINER EPOCHE nennt sich eine Ausstellung mit frühen Arbeiten des Malers Gerhard Richter. Als Höhepunkt im Obergeschoss wartet der Zyklus *18. Oktober 1977*, entstanden elf Jahre nach diesem Datum, dem Tag, an dem die Führungskader der RAF im Gefängnis Stuttgart-Stammheim Selbstmord begingen. Es sind fünfzehn schwarz-weiße Ölgemälde, die hauptsächlich auf fotografischen Vorlagen aus Justizakten beruhen. Sie zeigen Motive der Festnahme, der erkennungsdienstlichen Behandlung, der Zellen der Gefangenen, den Plattenspieler Andreas Baaders (Versteck seiner Pistole), ein Porträt Ulrike Meinhofs, die Toten (Baader erschossen, Gudrun Ensslin erhängt am Fensterkreuz, Meinhof abgenommen vom Strick, liegend, mit tiefem Wundmal am Hals), die Beerdigung.

Ausgeführt sind diese Gemälde in der Technik, die Richter während der sechziger Jahre entwickelte. Mit weichen Pinseln verwischte er die noch nassen Farben, um so spezifische Unschärfen zu erzielen.

Präsentiert wird der Zyklus in einem weißen Oktogon, unter Deckenmosaiken und Glaskuppel. Dieser Raumkörper wirkt zwingend: Er schafft die Atmosphäre eines lichten Mausoleums. Als ich den geschlossenen Raum betrete, öffnet er sich sofort hin zu Fragen: Was bedeuten diese Bilder eigentlich? Was können sie zeigen?

Thematisch und formal sorgfältig miteinander korrespondierend gehängt, füllen sie die Wände mit ikonologischen Oberflächen.

Drei Drehmomente der Gudrun E., Bücherregale bis zur Decke in der Zelle des Andreas B., flüchtende Schemen zwischen Hochhäusern, drei weiße Särge inmitten sehr vieler Menschen.
Wie alle Ikonen wären sie gar nicht lesbar, wenn man die Geschichte nicht kennen würde, die sie erzählen; wie alle Ikonen erzählen sie die Geschichte gar nicht, die sie vorgeben zu erzählen, sondern bündeln sie in einer Chiffre. Der Betrachter steht davor und versucht, Tiefe zu entziffern.

Es gibt den Vorwurf an diesen Zyklus, er pathetisiere und verharmlose zugleich die Ereignisse des Herbstes 1977 ins Ewigmenschliche, indem er beispielsweise das Bild der toten Ulrike Meinhof zu einer »Kreuzabnahme« auflade und damit jeden politischen Gehalts entkleide. Dahinter lauert die Anklage, Täter würden zu Opfern stilisiert. Solche Fragen werden sich vermutlich von Jahrzehnt zu Jahrzehnt anders stellen und anders beantwortet werden.

Für mich demonstrieren diese Bilder – raffiniert verwischte Vergrößerungen und ›Befragungen‹ aus Polizeiakten, Justizakten und Illustrierten – ein geradezu zwangsläufiges Scheitern des Versuchs, unter die Oberfläche der Ereignisse zu gelangen. Sie bewirken genau jenes Flirren des Verstands, der anhand von Dokumentarfotos schauend versucht, etwas zu begreifen, sich aber ehrlicherweise eingestehen muss abzuprallen.

Unser historisches Gedächtnis ist voller Schnappschüsse.

Schwer zu sagen, ob dahinter die eigentliche Historie steckt.

Zwei ältere Damen unterhalten sich in der Ausstellung leise und intensiv über ihnen einst bekannte, in den Untergrund abgeglittene Mädchen. Gerahmt werden sie dabei von den Gesichtern Ensslins und Meinhofs, die nichts über Terror erzählen, weil der Terrorismus Gesichter nur durchquert, nichts als eine spezifische Unschärferelation zwischen ihnen und seinen Ideen hinterlassend.

KW 14

In Japan hält jemand einen Geigerzähler vor die Kirschblüte.

Währungshüter der europäischen Zentralbank kämpfen gegen die Teuerungsspirale.

Am Teilchenbeschleuniger des Fermilabs bei Chicago ist ein Datenbuckel aufgetaucht. Teilchen zerfielen und hinterließen Spuren, die sich zu unerwarteten und bislang unerklärten Daten anhäuften: Die Forscher spekulieren, abwechselnd mutlos oder elektrisiert, ob es sich um eine Sensation oder eine statistische Verunreinigung handelt. Entweder ist eine neue physikalische Kraft jenseits der bekannten Kräfte entdeckt oder außer Aufregung nichts gewesen.
Noch erzeugt die Nachricht gedämpfte Echos. Die Welt, noch mit altem Weltbild betrachtet, hält zusammen, wird nur heimgesucht von Wolkenbrüchen.

Mitarbeiter des Chinesischen Nationalmuseums trocknen den blauen Teppich, der vor dem Eingang zur Ausstellung »Kunst der Aufklärung« (finanziert und ausgerichtet von der BRD) liegt, indem sie auf hellblaue Wischmopps und Feudel trampeln, um das Wasser eines Regengusses aufzunehmen.
Nicht ins Land gelassen zur Eröffnungsfeier der Ausstellung wurde der Sinologe und Schriftsteller Tilman Spengler, einen Tag nach Eröffnung in China festgenommen wurde der renommierte bildende Künstler Ai Weiwei auf dem Weg nach Deutschland.

Schon ist die Sonne wieder hervorgekommen, reflektiert in den glänzenden Fliesen am Platz des Himmlischen Friedens die hohen Säulen des Museums, leuchtet einen Aufseher im schwarzen Anzug aus, der wie ein gebückter, misstrauischer Vollautomat auf einem Wischmopp steht und hochschielt, taucht alles in die Stimmung verspiegelter Blauäugigkeit.

KW 15

Die italienische Justiz, eine Diktatur linksradikaler roter Roben, die den Staatsstreich planen, wurde von der italienischen Regierung unter Führung ihres pfiffigsten Pinocchios empfindlich zurückgeschlagen. Silvio Berlusconi, der kurzerhand die Verjährungsfristen für Korruptions- und Wirtschaftsdelikte qua Gesetzesänderung so reduzieren ließ, dass er selbst nicht mehr belangt werden kann, freut sich. Er steht in Mailand vor dem Gerichtsgebäude in der Sonne, hält ein Mikro in der Hand, und sein Kopf wirft einen langen Schlagschatten.
Hinter der Bühne fletschen Richter linksradikale Zähne, zerreißen damit vor Wut ihre roten Roben, hängen sie in die Fenster des Gerichtssaals, in dem Berlusconi aussagen sollte. Von außen gesehen, malt dieser Stoff das Alpenglühn der italienischen Gewaltenteilung in die Fensterscheiben.
Unten auf der Straße grinst Pinocchio ins Mikrophon, er werde »Italien aus den Händen der Richter befreien«.

KW 16

Die Erde kreuzt die Lyriden. Ungesehen regnet der Meteorschwarm vom Nachthimmel, verglüht in der eiligen Atmosphäre, morst kurze Botschaften seines Mutterkörpers Komet C1861G1, der vierhundertfünfzehn Jahre für einen Sonnenumlauf braucht.

DER PLASTIKKREISEL

Viele haben zu viel und werden es nicht mehr los.
Herr Anstein bespielte hunderte Videokassetten mit Filmen wie ›Der blinde Hai‹ oder ›Der Weltraum flippt aus‹, beschriftete und sortierte sie, um sich diese Filme eines Tages anzusehen, ist aber noch nicht dazu gekommen, als das Trägermaterial bereits schon wieder veraltet. Videokassetten sind nun so überholt wie Schellackplatten, denn längst ist silbern die Epoche der DVD heraufgedämmert. Herr Anstein kauft sich einen DVD-Player, packt seine Videokassetten zusammen, verfrachtet sie in mehrere Kisten und stellt sie auf die Straße zum Sperrmüll.
Unweigerlich kommt an diesen Bananenkisten voller bespielter Videokassetten einer wie Herr Beretz vorbei: Nicht nur, dass er selber nichts wegwerfen kann, er erträgt auch die Wegwerfversuche anderer Leute nicht, denn meist sind die Dinge noch brauchbar, die weggeworfen werden sollen. Filme wie ›Der blinde Hai‹ und ›Der Weltraum flippt aus‹ hat er zwar schon dreifach in seiner Sammlung, aber ihm fallen sofort Freunde ein, die solcher Preziosen bedürftig sein müssten. Also schleppt Herr Beretz Kisten voller Videokassetten in seine Wohnung, in der nirgendwo mehr die Farbe des Fußbodens zu erkennen ist, weil er nirgendwo mehr freiliegt, und in der sich die Wände nach innen bauchen und ihren Bewohner so eng umschließen wie die Gebärmutter ihre Frucht kurz vor der Niederkunft.
Herr Beretz kauft sich zwar die jeweils aktuellen Geräte, sobald sie einigermaßen erschwinglich sind, sieht jedoch nicht ein, Altes durch Neues zu ersetzen. In seinem Haushalt existieren noch

fünfhundert Magnettonbänder, da ihre Speicherwürde für ihn durch nichts infrage gestellt ist. Sie bilden die Tiefenschicht seines materiellen Gedächtnisses, dürfen weder gelöscht noch überschrieben werden, denn das, was einmal wichtig war, bleibt ihm wichtig.

Diese Haltung braucht Platz. Der geologische Schnitt durch den Bau des Herrn Beretz ist detailreich. Schicht für Schicht hat sich das Substrat eines Lebens abgelagert, obenauf Staub. Nie wird er alle Filme sehen können, die er der Aufzeichnung für wert hielt, nie wird er alle Bücher lesen, die bei ihm Schlange stehen, nie wird er wissen, wie viele Fetische in jedem Winkel bei ihm einstauben. Überhaupt weiß er nicht genau, was er eigentlich besitzt. Sind es die durchschnittlich zehntausend Dinge, die im Allgemeinen einen Mitteleuropäer umgeben? Oder eher hunderttausend?

Sein Materiallager ist nur eine der Sackgassen kapitalistischen Wirtschaftens: Wie die Zwangsproduktivität des Planeten, ständig Fontänen von Hartplastiktieren auszuspeien, dazu Hartgummipalmen, unter denen die Tiere stehen können, ist auch die Wohnung von Herrn Beretz Ergebnis einer zweiten Schöpfung, einer, auf deren Sieg an der Börse gewettet wird. Dinge werden erzeugt in unfassbaren Stückzahlen, sind im Umlauf, vergehen nicht. Ein Teil von ihnen verklumpt in Wohnkavernen, ein anderer kreist als Wirbel auf dem Meer.

Auch das Meer kann nichts wegwerfen.

Fahren Frachter auf ihm, geht gelegentlich etwas über Bord: Sechzigtausend Turnschuhe verlor der Frachter Hansa Courier, neunundzwanzigtausend Spielzeugtiere ein anderes Schiff. Die ausgesetzten Waren reisten eine Weile, bis die Meeresströmung sie dem immer offenen Müllauge des Nordpazifiks zuführte. Ungesehen von den meisten, sammelt sich zwischen Hawaii und Kalifornien seit sechzig Jahren unverrottbares Plastik auf einer

Fläche, die doppelt so groß ist wie der US-Bundesstaat Texas, kreist dicht unter der Oberfläche viele Jahre lang im Uhrzeigersinn, bevor es allmählich absinkt oder gefressen wird.
Hundert Millionen Tonnen Kunststoffe schwimmen dort im Meer, starren ungerührt in den Himmel, während die Strömung sie umrührt – Substrat des Lebens, das wir leben.
Einmalrasierer, CD-Hüllen, Tüten, Zahnbürsten, Deckel, Feuerzeuge, Zigarettenfilter, Kabeltrommeln, Turnschuhe, Spielzeugtiere, Winkekatzen, Kerzenhalter, Schlüsselanhänger und alles, was noch kurz vor der Kasse ausliegt: So arbeitet die Gebärmutter der zweiten Schöpfung.
Der Plastikwirbel kreiselt, zerfällt zu Partikeln, die man direkt auf der Wasseroberfläche nicht sieht. Sein Dasein im Uhrzeigersinn kreist uns dennoch immer weiter ein.
Gut gelaunt kommt Herr Beretz eines Tages aus seiner Wohnung mit einer Bananenkiste voller Videokassetten, schenkt sie Frau Cörg, damit sie ›Der blinde Hai‹ und ›Der Weltraum flippt aus‹ gucken kann.
Wie wird sie diese Gabe bloß wieder los?
Zufällig kennt sie Herrn Anstein, einen großen Sammler, der das ABC der Ablenkungen hortet. Ihm wird sie die Kiste bei ihrem nächsten Besuch mitbringen.

EIN EINZIGER LANGER TAG, UND JETZT IST ABEND, sagt Peter Kurzeck. Es umreißt seine Poetik. Um ihm, dem Schriftsteller als Endloserzähler zu lauschen, sind so viele gekommen, dass sie aus dem Hauptraum des Literaturhauses hinüberquellen und ausfasern bis in einen Nebenraum, in dem sie kometenschweifartig, zu verbilligtem Eintritt, hintereinandersitzen und versuchen, etwas zu sehen und zu hören. Jedes kleine Geräusch verdirbt hier die Akustik.

Zu spät gekommen schleiche ich mit quietschenden Sohlen auf den letzten freien Platz in diesem Schweif, habe aber das Glück, von dort immerhin den Kopf Peter Kurzecks sehen zu können. Seine Stimme wird vom Mikrophon in einen Vorraum übertragen, so dass sie mich nun aus einer Richtung erreicht, in der sein Kopf nicht ist – trotzdem fügen sich die zerstreuten Reize zusammen, denn der Magie des Erzählens, von Kurzeck umstandslos aus dem Ärmel geschüttelt, entkommt kaum jemand. Rhapsode bewahrten Alltags, braucht Kurzeck keinen Anstoß, um seine Welt aufzuzählen – winzige Hebammengriffe der Moderatorin genügen, und schon fließt es dahin in eigentümlichem Singsang, zieht mit in die verlorene Heimat Kurzecks, die unser aller verlorene Heimat ist: Vergangenheit. Hunde bellen, eine Kuhherde wird vorbeigetrieben, die Lahn fließt, ein blanker Milchkannendeckel glitzert. 1949 gelangt eine Flüchtlingsfamilie nach Staufenberg in Oberhessen. Witwenhäuser neigen sich zur Seite und bilden dermaßen enge Gässchen, dass keine Müllabfuhr in sie hineinkommt.

Peter Kurzeck weiß buchstäblich noch das ganze Damals, aber er kann wohl auch nichts vergessen. Magisch ist, wie es ihm gelingt, ein überindividuelles, gemeinsames Reservoir des Erinnerns anzuzapfen, sozusagen die Quintessenz von Erinnerung, die er mit seinem Publikum teilt.
Im Kometenschweifraum quietschen noch gelegentlich die Schuhsohlen einzelner empört Hin-und-her-Laufender, die nach einem Platz suchen, an dem sie besser hören können (und dadurch allen anderen die Stimme Kurzecks abschneiden, weil die Schuhe sie übertönen); durchs geöffnete Fenster dringen Flugzeuglärm und das Rollen von Mülltonnen in einem Hof – dann beruhigt sich auch das, und wir sitzen vollkommen reglos.
Der unaufhaltsame Peter Kurzeck ist mittlerweile bei der Vergänglichkeit angelangt: »Ich merke, wie es mehr und mehr an mir zieht, schlimmer als ein starker Wind an der See.« Seine Inventur, seine potentiell unendliche Bestandsaufnahme der Vergangenheit, die er unternimmt, stemmt sich gegen diesen Zug. Gründlich wie ein manischer Heimatkundler schafft Kurzeck ein vielbändiges Kompendium – ein Werk, das Jahrgang für Jahrgang den Genius Loci beschwört, sich aber plötzlich, in Umschlagmomenten, als poetischer Universal-Atlas erweist. »Ein ganzes versunkenes Zeitalter« nennt Kurzeck das: »Es geht darum, zu zeigen, wie die Gegenwart auf dieser Vergangenheit fußt.«
Er ist nun in die Perspektive einer Frau geschlüpft, die während seiner Jugend alt war, sieht mit ihren Augen den ersten eigenen Kühlschrank, der brummt, als ob er früher einmal gekränkt worden wäre, und ein Gerät namens »der Radio«, unter dem und auf dem jeweils Deckchen zur Schonung liegen. Die Zuhörerschaft, bislang in schwerer, schweigender, kartoffelsackhafter Zustimmung, bricht in erstes Gelächter aus.
Erinnerungen bevölkern den Raum, wohnen in der Puppenstube

der Nostalgie, bevor sie durch Kurzecks Selbstironie wieder in einen größeren Maßstab zurückgeholt werden.
Im Gegensatz zu seinem Publikum ermüdet er nie. Er ist ein Perpetuum mobile des Erzählens und Redens. Dabei beherrscht er allerdings subtile Kniffe, zum Beispiel den, einen scheinbar uferlosen Stoff zu organisieren. Und sein großer Charme liegt in der literarischen Zärtlichkeit für das, was trotz allen Beschwörens eines einzigen langen Tages nicht zu halten ist.

KW 17

25. Jahrestag der Atomreaktorkatastrophe von Tschernobyl. Erinnerung daran, wie vor einem Vierteljahrhundert die Liquidatoren mit ihren improvisierten Schutzrüstungen versehen wurden: Schweißer- oder Taucherbrillen oder vom Motorrad abmontierte Glasstürze vor den Augen, chemische Filter oder Lappen vor dem Mund, Lederschürzen, schwere Bleiplatten auf Brust, Rücken und Kopf, Arbeitshandschuhe mit langen Stulpen, Stiefel. Dann der Einsatzbefehl: »Sie haben vierzig Sekunden.«

Eine Sirene ertönte, und jeweils vier Liquidatoren hasteten schwerfällig hinaus ins nie Gesehene, in eine Strahlung, in der sämtliche Roboter bereits versagt hatten, stolperten auf einem Dach zwischen hochradioaktiven Trümmerteilen und Brennzellenresten umher und versuchten, so viel wie möglich davon mit Spaten und Tragen in den Abgrund zu werfen. Unglaubliche Farben und die unglaubliche Menge an Schutt führten dazu, dass manche vor Verwirrung kaum wussten, wo sie anfangen sollten, als die Sirene sie schon zurückrief.

Auf einem Foto von damals sieht man den verzerrten Mund eines Liquidators nach dem Einsatz. Der Mann hat seine Schutzbrille hoch auf die Stirn geschoben, aber das enthüllt nur, dass seine Augen sehr schwarz in ihren Höhlen liegen.

UNTER KONTROLLE heißt der Film, den ich zusammen mit drei anderen in einem Schuhschachtelkino sehe. Sein Untertitel: »Eine Archäologie der Atomkraft«.

Der Dokumentarfilmer Volker Sattel hat jahrelang in deutschen Kernkraftwerken Bilder dessen gesammelt, was wie ein materieller und mentaler Druckbehälter die sogenannte friedliche Nutzung der Kernenergie umschließt.

Zu Anfang sind Landschaftspanoramen zu sehen, aus denen Kühltürme aufragen, dann Modelle, die eine Standortwahl aufgrund geographischer Gegebenheiten, Besitzverhältnissen und Akzeptanz in der Bevölkerung erklären, und nach einigen mit starkem Teleobjektiv zusammengeschobenen Ansichten, in denen hinter putziger Kirchturm- und verschlossener Garagenrealität unvermittelt Monumentalbauten aufwachsen, geht es schließlich aufs jeweilige Kraftwerksgelände.

Autos fahren in eine Sicherheitsschleuse, die nach dem gleichen Prinzip funktioniert, nach dem Bankfilialen ihren Eingang gegen Überfälle zu schützen versuchen. Die Wände der schlichten Monumentalbauten sind nun aus der Nähe zu betrachten. An einem der Kühltürme hängen winzige Menschen in Stahlkörben und leisten Instandhaltungsarbeiten. Megaphone rufen Mitarbeiter von Fremdfirmen aus. Eine Schulklasse mit Schutzhelmen geistert durchs Bild, wird zur Vernebelungsanlage geführt. In großen weißen Metallkästen, die wie Müllschlucker aussehen, verbergen sich Waffen, die bei Bedarf das ganze Flusstal samt Kraftwerk im Nu mit dichtem Nebel fluten. Zwanzig bis dreißig Minuten lang soll so ein Flugzeug auf Kollisionskurs davon abgehalten werden, das Kraftwerk zu orten, und, sagt der Führer unter dem Schutzhelm stolz, die Munition reiche aus, um dies noch einmal zu wiederholen. Die Kamera zeigt nur das Gerät, kein Gesicht zu diesen Plänen. Sie hören sich an wie Kirchturmpolitik, aus einer Garage heraus betrieben. Ich rutsche tiefer in den Kinosessel.

Während der Film sich ins Innere der Kraftwerksbauten vortastet, vermittelt er zum ersten Mal einen Eindruck davon, welche Monstrosität hier beherrscht werden soll: Mitarbeiter, die sich bis auf die Unterhose ausziehen müssen, um keine Strahlung nach außen zu tragen, gewaltige Stahltüren, überall Warnungen. Die Radioaktivität ist umgeben von Strahlenschutzbeauftragten, die permanent Proben nehmen, und von einem Schachtelsystem der Vorsicht, das sich vor allem in Stahl und Beton ausdrückt. Dazwischen, bis auf die Unterhose ausgezogen, der Mensch. Er schlurft in Badelatschen nach draußen und raucht eine Zigarette. Morgens besprechen Techniker in einem Sitzungsraum die anstehenden Probleme, verständigen sich mittels Buchstaben-Zahlen-Kürzeln, während die Kamera auf ihre unbewusst die Luft oder einen Stift knetenden Hände fährt, die in einer langen Reihe auf dem Tisch liegen.

Und wo laufen die Informationen der verschachtelten Vorsichts- und Überwachungssysteme zusammen? Statt in einer echten Leitwarte filmt Volker Sattel in der Kraftwerksschule Essen, im Simulationszentrum, das den Kontrollraum eines AKWs akribisch nachbildet. Dort muss eine Gruppe künftiger Kraftwerksfahrer sich mit einem Störfall auseinandersetzen, sitzt in einem Chaos aus blinkenden Anzeigen, akustischem Alarm und Abfragen. Ruhig telefoniert der Ausbilder von außen ins Simulationszentrum, erkundigt sich, was los ist. Die Gemütsruhe, die aus seiner Stimme klingt, ist für mich die abgründigste Simulation. Einmal gelingt es Volker Sattel jedoch, ins echte Allerheiligste vorzudringen: Seine Kamera erfasst die Brennstäbe, wie sie, meterhoch mit Wasser bedeckt, ihren fremdartigen blauen Schein ausstrahlen. Personal in gelben Overalls beugt sich von einer roten Arbeitsbrücke aus über dieses Faktum, mustert es konzentriert wie Prophetien in einem tiefen Brunnen, hantiert mit extrem langsamen Greifarmen. In dieser Halle, in diesem zigfach verkapselten Schrein befindet sich der Kern des Ganzen, eine moderierte Kettenreaktion, die menschliche Netzhäute als Licht wahrnehmen. Eins der lebensfeindlichsten Materialien der Erde wird in nonchalanter Betriebsamkeit gehandhabt, während es in seinem Wasserbecken ruht wie eine Macht, die nur alle zehntausend Jahre blinzelt.

Schutzhüllen nach DIN-Norm schirmen diesen Anblick ab.

Der Film *Unter Kontrolle* schaut in den nächsten Raum. Dort steht ein Prüftechniker im weißen Kittel, legt seine Hand an einen der 50° Celsius heißen Castor-Behälter voller radioaktivem Müll, um zu demonstrieren, wie harmlos solche Restwärme ist.

Volker Sattel fährt auch ins stillgelegte Bergwerk Morsleben ein, Endlager für schwach- und mittelradioaktive Abfälle. Schier endlos ist die Fahrt unter Tage. Unten gibt es Tunnelsysteme, in denen ein Jeep fahren kann – und die Zuversicht, so tief eingelagerte Dinge könne man doch sicher vergessen.

Wieder im Tageslicht, fehlen nur noch Streifzüge durch einige Ruinen des Atomzeitalters: Am Abriss des nie fertiggestellten Meilers Stendal beißen sich Bagger seit Jahren die Zähne aus; beim Rückbau des Kernkraftwerks Greifswald hat man nach über einem Jahrzehnt so viel Expertise gewonnen, dass man sich auf weitere Aufträge freut; im österreichischen Zwentendorf ist man beleidigt über die Entscheidungen des Volkes, bekommt aber wenigstens Besuch aus der Kraftwerksschule Essen, den man schulen kann; ein Hausmeister führt betreten und wütend durch die unfreiwillige Gedenkstätte des Schnellen Brüters Kal-

kar, sagt: »Fünftausend Menschen hätten hier fünfundzwanzig Jahre lang Arbeit gehabt, aber Tschernobyl hat uns das Genick gebrochen.«
Draußen, im Vergnügungspark Kalkar, ist auf einen Kühlturm ein Gebirge aufgemalt, und in seinem Inneren schraubt sich ein Kettenkarussell immer höher, erreicht schließlich unter dem hallenden Geschrei der Fahrgäste die obere Kante des Turms und lässt Menschen in hundert Metern Höhe im Freien kreisen.
An diesem Punkt endet die labyrinthische Erkundung des Films, tastet er sich nicht mehr voran an kolossalen Wänden, Röhren, Korridoren und Verbotsschildern.
Die Szene öffnet sich.
Es bleibt allerdings der blinde Fleck dessen, was nicht gefilmt werden kann, die Kernspaltung, die auf die gefilmten Bilder ausstrahlt und sie kontaminiert mit Macht.
So reglos wir wenigen Zuschauer im Schuhschachtelkino gesessen haben, sosehr könnte uns *Unter Kontrolle* noch bewegen.

KW 18

Im Situation Room des Weißen Hauses in Washington sitzt eine Gruppe hochrangiger Regierungsmitglieder, Militärs und Berater zusammen mit Präsident Barack Obama, alle ausgerichtet auf einen nicht sichtbaren Bildschirm. Das Foto dieser angespannten Ausrichtung macht sofort Geschichte: Offiziell freigegeben, schildert es die Lage im Situation Room, während elftausend Kilometer entfernt in Pakistan die geheime amerikanische Militäroperation Geronimo stattfindet und zur Tötung des Terroristen-Chefs Osama bin Laden führt.

Da es weder von jener Operation noch von der Leiche bin Ladens offizielle Fotos gibt, muss die Aufnahme als Beleg für das Ungesehene dienen. Willig transportiert sie einen ganzen dramatischen Ablauf, beglaubigt durch die scheinbar spontane Geste der Außenministerin Hillary Clinton, die sich erschreckt die Hand vor den Mund hält.

Verfolgen die Verantwortlichen die Erschießung bin Ladens?

Sehen wir in ihren Mienen widergespiegelt den Livestream eines Todes?

Kaum ist diese Lesart im Raum, kommt die These des schwarzen Bildes auf.

CIA-Direktor Leon Panetta gibt zu Protokoll, kurz nach Beginn der Aktion sei die visuelle Übertragung aus den Helmkameras der Elitesoldaten für circa zwanzig von insgesamt achtunddreißig Minuten zusammengebrochen, und er habe aus seinem eigenen Situation Room heraus die Gruppe um den Präsidenten nur noch akustisch mit Informationen versorgen können.

Eine Leerstelle wächst: Was sehen die abgebildeten Menschen?
Politische Redakteure spekulieren: »den Absturz eines der beteiligten Hubschrauber ganz zu Anfang der Operation«.
Satiriker witzeln: »ein Baseballspiel«.
Verschwörungstheoretiker glauben: »gar nichts«.
Das ist also das schwarze Bild aus dem Situation Room, schon 1,8 Millionen Mal im Netz angeklickt.

KW 19

Greisenhaft wiegt sich ein alter Mann vor und zurück, während er die Fernbedienung drückt, um abwechselnd seine eigenen Reden aus jüngeren, flammenderen Jahren oder den gegenwärtigen Präsidenten der USA auf einem Bildschirm anzusehen. Dieser Greis soll Osama bin Laden sein, zu sehen in einem Amateurvideo, das er von sich selbst in den Räumen seiner Villa in Pakistan filmte.

Er bewegt die Lippen, aber man hört nichts.

Mit einer Decke um die Schultern hockt er auf einem Schlachtfeld: Wer dort verliert, dem wird das Wort abgeschnitten. Wer dort als Kopf des Terrors umkommt, dessen zerschossener Schädel existiert nur noch in Botenberichten.

US-Senatoren beschreiben, was sie auf geheimen Fotos vom Tod bin Ladens gesehen haben wollen: aus der Augenhöhle gedrungenes Gehirn und bleiche Haut.

Das Fernsehpublikum hängt an den Lippen der Senatoren, hört, was sie sagen, und versucht, es sich vorzustellen. Autistisch schaukelt es vor und zurück, hat sich eine Decke um die Schultern gelegt.

DAS LOCH

Mit vorgehaltener Waffe haben wir rund um seinen Geburtsort nach ihm gesucht.

Das Gelände war ausgedörrt, von Sand und Staub bedeckt, und rührte sich nicht. Vollkommen flach, wie niedergeknüppelt, streckte es sich zwischen den Häusern aus, die in der Farbe getrockneten Bluts angestrichen waren, die immer abgewandt von uns standen, dennoch misstrauisch unser Kommen beäugten.

Manchmal flogen im Sand kauernde Vögel vor uns auf. Köter streunten mit eingekniffenem Schwanz zwischen unseren Füßen umher.

Wir waren zwanzig Mann: Sonderkommando Nebukadnezar.

Um den zu finden, den wir zu finden hofften, hatten wir uns viele seiner Auftritte ansehen müssen. Man spielte uns Filme vor, in denen er die Hand an die Mütze hob zum Gruß, andere, in denen er Gefangene oder Weggefährten folterte oder erschoss, wieder andere, in denen er Durchhalteparolen des Krieges ausgab und dabei eine Flasche Champagner köpfte. Man zeigte uns sein Gesicht verjüngt, gealtert, bartlos, abgemagert, aufgedunsen und als Frau, damit wir den Tyrannen in jeder Maske enttarnen könnten. Außerdem lernten wir seine Doppelgänger kennen, indem wir auf Fotos die winzigen Merkmale studierten, die sie von ihm unterschieden. Niemand wusste genau, wie viele Doppelgänger er beschäftigt hatte und ob sie noch lebten. Auch seine Angst vor Gift wurde uns geschildert: Alles in seiner Nähe hatte immer desinfiziert werden müssen. Würden wir ihn an dieser Phobie

erkennen? Würde er noch Gelegenheit haben zu solchen Späßchen?
Seine Herrschaft war überrollt, seine Statuen mithilfe von Stahltrossen umgerissen, aber er blieb vom Erdboden verschluckt.
Dreiundachtzig verlassene Paläste gähnten hinter ihm her, längst geplündert von denen, die nachgesehen hatten, welche wahren Märchen dort zu finden wären. Seit ihrer Visite lief Champagner aus geborstenen Leitungen. Tapeten lagen zerfetzt auf dem Boden, und in den Wänden klafften Einschusslöcher. Vom Tyrannen oder seinem desinfizierten Besitz war nichts mehr zu entdecken in diesen Ruinen.
Wir, einem Hinweis folgend, schwärmten aus in Richtung seines Geburtsorts.
Er war dort in einer Kleinbauernfamilie zur Welt gekommen und bald abgeschoben worden zu einem Verwandten, weil er ein uneheliches Kind war. Staubbedeckt, zornig, vor Wut gekrümmt schlug er mit einem am Feuer glühend gemachten Eisenknüppel auf Tiere und andere Schwache ein, ließ seine ganze Kindheit hindurch diese Waffe nie aus der Hand. Manchmal blendete er Hunde, indem er ihnen die glühende Stange in die Augen rammte. Manchmal begrub er sie anschließend lebendig, und zwar so, dass nur noch ihre Schnauzen aus der Erde ragten.
Er gehörte nun zu einem Clan von Straßenräubern, schwänzte die Schule, war aber wissbegierig. Was es für ihn zu lernen gab, lernte er: Morden, Stehlen, dann die Grundsätze der Revolution, die den alten Diktator hinwegfegen wollte, um sich selbst an seine Stelle zu setzen.
Als die »Partei der Erneuerung« nach langen Kämpfen die Macht gewinnt, ist auch der Mann mit der Eisenstange bis ganz nach oben gelangt. Er vergiftet den Einzigen, der noch über ihm ist, und herrscht allein über das Land als Nebukadnezar III. Jeder männliche Untertan muss sich ein Porträt des Herrschers

auf die nackte Brust tätowieren lassen oder er wird öffentlich exekutiert. An Jahrestagen der Revolution entblößen sich die Massen, recken ihre Arme hoch zum Gruß, so dass der Tyrann sich selbst vertausendfacht zulächelt von Häuten aus, die er ihren Trägern noch nicht vom Leib gezogen hat. Er nimmt die Parade ab, indem er die Hand an die Mütze legt.
Er nahm viele Paraden ab. Panzer, Geheimpolizei und sein eigenes Brustbild waren ihm zu Willen. Gleichzeitig dörrte die Sonne das Land aus, verwüstete ganze Gegenden. Zwar rührte sich dort nichts mehr, aber Nebukadnezar III. wurde den giftigen Verdacht nie los, dass Köter, deren Schnauze als Letztes noch knapp aus dem Boden ragt, sich selbst wieder ausgraben können. Also ließ er regelmäßig Säuberungen durchführen, exekutierte jeden möglichen Keim eines Aufruhrs, überhaupt jeden möglichen Keim, bis sterile Stille herrschte, in der nicht einmal Sandkörnchen rollten bei einem Windhauch.
Dann kamen wir, Panzer, Geheimkommandos, Bilder nackter Mädchen auf Kampfflugzeugen. Wir wirbelten eine Menge Staub auf. Als der sich gelegt hatte, war der Tyrann verschwunden. Erdölfelder brannten Tag und Nacht, und wir postierten dort Wachen, um zu sehen, ob der Gesuchte an diesen Fackeln vielleicht seinen Eisenprügel glühend machen würde, aber er lief nicht in die Falle.
Die Wüste tätowierte ihre Leere in unsere Netzhäute. Misstrauisch sahen wir uns trotzdem ständig um.
Als wir die Gegend erreichten, in der noch immer der Clan der Straßenräuber herrschte, durchkämmten wir Haus für Haus, zwangen die Bewohner mit vorgehaltener Waffe, Aufstellung zu nehmen, um ihre Gesichter zu studieren. Wir musterten Junge, Alte, Bartlose, Abgemagerte, Aufgedunsene und Frauen. Keine Maske verbarg den Tyrannen. Zwanzig trainierte Mann kauten an ihrer Enttäuschung, zerfetzten als Späßchen manchmal ir-

gendeine Kleidung, malten nackte Mädchen auf Wände oder schossen auf Vögel, die lange in selbst gescharrten Kuhlen gekauert hatten, bevor sie aufflogen.
Zuletzt näherten wir uns einem Haus, das wie abgesondert von den anderen stand – und sofort eröffnete man von dort aus auf uns das Feuer. Wir suchten verzweifelt Deckung, verloren einen Mann, der im Sand verblutete, rannten gebückt auf das Haus zu, in dessen Mauern schon unsere Einschusslöcher klafften, kämpften uns vorwärts, bis wir ihn endlich hatten: einen Doppelgänger Nebukadnezars. Erst als er sich in unserem Griff vor Ekel wand und wie am Spieß brüllte, wurde uns klar: Es war der echte.
Gealtert und abgemagert, ohne seine dreiundachtzig Paläste, aber von Angehörigen seines Clans beschützt, verbarg und verriet ihn sein Geburtsort. Seine Mutter hatte ihm während ihrer Schwangerschaft den Beinamen »Der Standhafte« gegeben, weil es ihr trotz Anstrengungen und vieler Sprünge vom Tisch nicht gelungen war, dieses uneheliche Kind loszuwerden. Jetzt musste unser Sonderkommando mit ihm fertig werden. Er beschimpfte uns als Köter. Draußen lag einer von uns tot, von ihm erschossen.
Wir waren so wütend, dass wir ihn am liebsten lebend eingegraben hätten bis zum Hals und dann weggegangen wären, ohne uns umzudrehen. Unser Befehl, vom nachrückenden Kamerateam übermittelt, lautete aber, nach einer Art Katakombe Ausschau zu halten, notfalls eine auszuheben. Bei einem der schon durchsuchten Häuser fanden wir, was wir brauchten: einen Hohlraum unter der Erde, gerade groß genug für einen kauernden Menschen, den wir als tierisch kargen Unterschlupf herrichteten. Wir legten einen dreckigen Fetzen auf den Boden, verteilten zerrissene Brustbilder des Herrschers, pinkelten ihm auf die Schuhe und stießen unseren grauhaarigen Gefangenen hinein.

Als das Kamerateam dann da war, öffneten wir mit vorgehaltenen Waffen die von uns abgedeckte Höhle. So konnte jeder, der Märchen mochte, verfolgen, wie Nebukadnezar III., der Standhafte, von uns aus diesem Loch gezogen wurde.
Man sah ihn, erbärmlich herausgezwungen, wieder zur Welt kommen.

DER MANN IM GLASKASTEN betitelt Prof. Dr. Gerhard Paul seinen Vortrag über die mediale Verarbeitung des Adolf-Eichmann-Prozesses 1961 in Israel.
Dieser Prozess gegen einen der nationalsozialistischen Verantwortlichen für den Massenmord an den Juden war eins der ersten globalen Medienereignisse, bis heute verankert im kollektiven Bildgedächtnis.
Eine zentrale Rolle spielt dabei die kugelsichere Holz-Glas-Kabine, in welcher der Angeklagte während der ganzen Verhandlung saß. Untergebracht im Glaskasten wie ein besonderes Insekt im Naturkundemuseum des Grauens, konnte der Täter monatelang betrachtet, aber durch diese Betrachtung nicht unbedingt verstanden werden, wie Prof. Paul ausführt.
Der bebrillte, beflissene Eichmann, Nachfragen aufstehend mit »Jawoll« beantwortend, inszenierte sich in seinem kleinen gläsernen Büro, unablässig in Akten blätternd und Notizen kritzelnd, als der harmlose Verwalter und Fahrkartenverkäufer, der er niemals war. Flankiert von zwei ewigen Wächtern in seinem Rücken, führte er sein eigenes Stück in seinem eigenen Raum auf, abgeschnitten vom Schuldzusammenhang einer arbeitsteiligen Organisation, den isolierten Einzelnen gebend, was laut Paul folgerichtig dazu führte, dass beim weltweiten Publikum dieses Prozesses die politisch-historischen Fragen sich hinterrücks in den moralischen Seufzer wandelten (und verharmlosten): »Zu was Menschen fähig sind ...«
Adolf Eichmann argumentierte, hinter Panzerglas verkapselt,

in einer ambulanten Vitrine des »Ich bin juristisch nicht schuldig«, aufgestellt in einem umgebauten Jerusalemer Theater. Dass der Prozess dort, auf einer ehemaligen Bühne, stattfand, machte die Sache noch vertrackter. Von heute aus denke ich: Die Rolle des Bösen, gebannt im Glaskasten, verlieh Eichmann etwas Ausgebleicht-Exemplarisches, abgeschirmt vom Verwesungsgeruch der sechs Millionen.

Nachdem Prof. Paul seinen ikonologischen Streifzug beendet hat und dem Publikum das Wandermikrophon angeboten wird, beginnt sofort der übliche Irrwitz: Nur Selbstdarsteller, Wichtigtuer und Wirrköpfe verlangen danach. Unter ihren Suaden leert sich der Saal.
Ein Sozialpsychologe bedauert, dass Eichmann hingerichtet wurde, weil man sich so nicht länger mit ihm beschäftigen konnte. Ein Historiker reklamiert, es gäbe Wichtigeres zu tun, als Bilder zu erforschen – Lesen sei angesagt. Ein Schwadroneur verkündet, wir seien keinen Deut weiter, denn Verwaltungsangestellte heute wüssten auch nicht, was ein Gewissen ist.
Gerhard Paul sitzt bloß da und schaut: wohl die beste aller möglichen Reaktionen.

Draußen, im Foyer, steht in der Ecke das Original-Ausstellungsobjekt »Eichmanns Glaskasten«. Ich kann nach dem Vortrag und den Bildern kaum glauben, wie unscheinbar er in Wahrheit ist: ein armseliger Geschichtsfetisch, zudem an der Rückseite offen, also gar kein geschlossener Behälter, sondern eher eine Theaterrequisite, eine Attrappe, die an eine Vorführung erinnert, bei der es nichts zu sehen, aber viel zu begreifen gab.

KW 20

Mit finsterem, dreitagebärtigem Gesicht sitzt der Chef des Internationalen Währungsfonds, Dominique Strauss-Kahn, auf einer New Yorker Justiz-Holzbank und wartet auf seinen Haftprüfungstermin. Festgehalten wird er wegen des Vorwurfs versuchter Vergewaltigung. Seit er festgehalten wird, hat er sich nicht umgezogen.

Seine Züge, ungewollt der Öffentlichkeit ausgesetzt, sind unter Schock versteinert, der Mund so schmal, dass er kaum noch existiert, die Miene bitter, als erwarte er jeden Moment einen Schrei aus der Menge, der den Kaiser als nackt bezeichnet.

DER KOFFER VOLLER GELD

Was nützt ein Koffer voller Geld, wenn man eingeschlossen lebt im Käfig der Tage?

Abends arbeitet der Weichensteller Maloin am Hafen. Zweiunddreißig Leitertritte über dem Boden sitzt er in einer Stahl-Glas-Kabine, deren Scheiben oft von innen beschlagen, erwartet das allmitternächtliche Schiff, das hier am Kai anlegen wird, sich schon heranschiebt aus dem Dunkel, ruhig aufragend vor seinem Ausguck zum Halt kommt.
Nebelfetzen, beleuchtet von Hafenlampen, ziehen vorbei.

Maloins Augen wandern den schwarzen Bug vor ihm hinauf und hinab, bleiben dann an der Gangway hängen, auf der in trancehafter Langsamkeit einige Passagiere erscheinen. Sie alle haben einen Koffer in der Hand, setzen ihre Füße steif und zögernd auf die abwärts gerichtete Schräge, erreichen dennoch den festen Boden, werden von Zollbeamten kontrolliert und steigen in den ein paar Meter neben dem Hafenbecken auf sie wartenden Zug.
Obwohl dies mit schläfriger, nachtwandlerischer Geschwindigkeit geschieht, sieht Maloin das Ende der Prozedur voraus, da er sie jede Nacht sieht. Schließlich hat er die Weichen dafür gestellt.

Nebelfetzen ziehen durch sein gewohntes Bild. Als sie fort sind, beobachtet er etwas Ungewöhnliches: Auf dem Oberdeck des Schiffs ist ein Passagier zurückgeblieben und wirft von dort aus

mit voller Kraft über das Hafenbecken hinweg einen Koffer bis in eine entfernte, halbdunkle Ecke des Hafens. Gleichzeitig setzt sich unter Maloins Kabine, die wie auf Stelzen steht, ein Mann im Regenmantel in Bewegung, gerät in Maloins Blickfeld, strebt unauffällig in Richtung des Koffers.
Maloin reibt eine der beschlagenen Scheiben blank, um besser sehen zu können. Der letzte Passagier, der die Gangway herunterkommt, ist derjenige, der den Koffer geworfen hat, und statt in den Zug zu steigen, beginnt er, seinem Komplizen auf dem Weg zur entfernten Hafenecke nachzugehen.
Aus seiner von Eisenstreben und Kondenswasser geschmälerten Sicht glaubt Maloin dann, Zeuge eines Streits, gar eines Mordes zu werden, denn einer der beiden Männer stürzt ins Hafenbecken, und mit ihm versinkt der Koffer.
Starr, ohne etwas zu unternehmen, bewahrt Maloin dieses Nachbild.

Eine Weile später taucht er im Hafenbecken, findet beim fünften Versuch den Koffer und trägt ihn tropfend die Leiter in seine gläserne Kabine hoch.

Der Koffer ist voller Geld, so viel, wie Maloin noch nie vor sich liegen hatte.
Er trocknet die Scheine auf dem Kanonenofen, legt sie zurück und schließt den Fang in seinem Spind ein. Vielleicht gelingt es ihm, die ganze Sache zu vergessen, weil sie keinen Platz hat in seinem Leben. Er geht nach Hause.

Auf dem Heimweg dämmert der Morgen. Maloin entdeckt den Mann im Regenmantel, am Hafenbecken stehend. Ihre Blicke begegnen sich.

Maloin schläft in seinem Haus an der Küste. Als er aufwacht, ist es schon wieder dunkel. Er tritt ans Fenster. Unter ihm, im Schein einer Laterne, steht, rauchend, wartend, der Mann im Regenmantel.
Weder die Frau noch die Tochter des Weichenstellers dürfen davon erfahren.
Maloins Leben, in dem schon bis gestern alles falsch war, was über sein Sitzen in der Höhe von zweiunddreißig Leitertritten hinausging – das Heim, die Ehe, das Bemühen, der Tochter eine anständige Arbeit zu verschaffen –, Maloins Leben ist vollkommen falsch, seit er in seinem Spind einen Koffer voller Geld versteckt, durch den nichts richtiger wird.
Er geht los. Seine schweren Schritte führen ihn in die Bar.
Etwas oder jemand verfolgt ihn.

Glücklosigkeit kann ein Zustand sein, an dem äußere Ereignisse nichts ändern.

Maloin spielt Schach mit dem Besitzer der Bar, rückt schwarze Figuren übers Brett.
Starr blickt er auf seine letzte Stellung, bevor er das angebotene Remis akzeptiert.
Sein Schicksal verdüstert sich.
Ein fremder Inspektor taucht in der Bar auf. Er sucht nach gestohlenem Geld, das erbeutet wurde mithilfe akrobatischer Fassadenkletterei bis in den fünften Stock eines Hauses hinauf, und er hat schon die Spur zum Mann im Regenmantel: Maloin erfährt, dass der ein glückloser Artist ist.

Viele Jahre lang arbeitet Béla Tarr an der Verfilmung dieser Geschichte von Georges Simenon.
Wie ein Pausenbrot wickelt er sie ein in Langsamkeit und Be-

deutung, schaut zusammen mit dem Darsteller des Maloin aus einer Kanzel, die begrenzt ist von Glas und Eisenstreben, malt die Atmosphäre, in der zweiunddreißig Trittstufen einer Leiter aufragen und nirgendwo hinführen, so genau aus, dass der Film, kunstvoll beharrend auf einer Unentschiedenheit, welche derjenigen des Schicksals gleicht, hundertneununddreißig Minuten dauert.
Noch viel länger dauert sein Nachbild.
Immer wieder geht Maloin, streng in Schwarz-Weiß, an der Küste entlang und sieht dabei nie aufs Meer, denn er weiß, dass dessen Offenheit nichts als eine graue Fläche ist.
Immer wieder lässt er sich ins nächtliche Wasser gleiten, nur um etwas herauszufischen, was er nicht besitzen kann.
Menschen sitzen in Bars, schieben Schachfiguren vor und zurück.
Nebelfetzen wehen vorüber.
Gesichter und Dinge bleiben hermetisch.
Die einzige Bewegung, die der Film macht, ist die der Zeit, die sich zusammenrollt und müde an ihrem eigenen Hinterteil schnüffelt.

Natürlich spielt er keine Koffer voller Geld ein.

KW 21

Männer, die in einem Achteck zusammenkommen und schreien wie die Händler des Chicago Board of Trade, die mittels Handzeichen anzeigen, welche Zukunft sie wann zu welchem Preis kaufen oder verkaufen wollen – Trader, Börsenhändler, fiebernd in formaler Ekstase, hinterher weggeschmissene und zerrissene Papiere auf dem Boden zurücklassend –, sind Geschichte.
Adieu, Präsenzhandel, adieu, Parkett.
Computersysteme übernehmen.
Auch die Frankfurter Börse stellt vierhundertsechsundzwanzig Jahre nach ihrer Gründung den Parketthandel ein. Zwar werden die Räume nicht menschenleer, wird versichert, zwar werden bei der allabendlichen Fernsehübertragung weiterhin Makler auf Holzboden stehen, aber sie sind nur noch da als krawattengeschmückte Denkmale einer anderen Zeit, während hinter ihrem Rücken Wertpapiere im Millionstelsekundentakt auf die Zukunft zurasen.

KW 22

In Deutschland bricht aus, was die Franzosen mokant »Die Gurkenkrise« nennen. Ein äußerst aggressives Ehec-Bakterium geht um, hat über tausend Menschen infiziert und bereits achtzehn Todesfälle verursacht. Da der Keim zunächst (fälschlich) auf spanischen Gurken gefunden wurde, stehen Gurken, Tomaten und Salat auf dem Index.
Der übliche Refrain kommt auf: »Ja, was soll man denn überhaupt noch essen?«
Epidemiologen sind die Männer der Stunde, aber Herkunft und Verbreitung des Erregers bleiben rätselhaft.
Der Kauf eines Salatkopfs gilt wahlweise als tollkühn oder patriotisch.

Vor dem Haager UN-Tribunal tritt zum ersten Mal der von Serbien ausgelieferte, mutmaßliche Kriegsverbrecher und Massenmörder Ratko Mladic auf. Bevor er sich auf seinen Stuhl im Gericht setzt, salutiert er, die Hand an einer Schirmmütze. Nach seinen Personalien befragt, sagt er: »Ich bin General Ratko Mladić, und die ganze Welt weiß, wer ich bin.«

KW 23

Bundesfinanzminister Wolfgang Schäuble fährt in seinem Rollstuhl ans Rednerpult des Deutschen Bundestags und sagt angesichts der drohenden griechischen Staatspleite: »Die Lage in Griechenland und damit in Europa ist ernst.«

KW 24

Im Palais des griechischen Staatspräsidenten berühren Männer in dunklen Anzügen ein in Gold gebundenes Evangelium, legen den Amtseid ab. Der Erzbischof Ieronymus II. stimmt liturgische Gesänge an. Zwei Kerzen flackern.
Im Hintergrund steht der Premierminister Giorgos Papandreou mit gefalteten Händen und hofft, dass diese Kabinettsumbildung Griechenland und ihn rettet.

Die beiden Sonden Voyager 1 und 2 haben die Zone erreicht, in welcher der Sonnenwind, der unser Planetensystem vor dem Eindringen interstellaren Gases abschirmt, schwächer und durchlässiger wird – wie ein Schweizer Käse, haben die Forscher jetzt herausgefunden.
Die Sonden nähern sich mittlerweile der Heliopause. Dort hört der Einfluss unserer Sonne endgültig auf.

DIE ILLUSION DES ICH will Wolf Singer, Direktor am Max-Planck-Institut für Hirnforschung in Frankfurt, einem Publikum nahebringen, das einen ganzen Audimax-Hörsaal füllt mit seinen hundertfachen Ich-Illusionen. Bevor Professor Dr. Singer die Bühne betritt, dreht sich ein vor mir sitzender, eifriger Mann um und fragt sich und mich, warum wohl so viele Menschen gekommen sind zu diesem Vortrag. »Freier-Willen-Alarm«, spekuliere ich. Einer der bekanntesten (und umstrittensten) Sätze Wolf Singers lautet nämlich, »dass jemand tat, was er tat, weil sein Gehirn just in diesem Augenblick zu keiner anderen Entscheidung kommen konnte«.

Kernthese ist die Vorrangigkeit neuronaler Prozesse. Was als bewusste Entscheidung erlebt wird, setze neuronale Prozesse nicht etwa in Gang, sondern sei ihr Ergebnis, das nur so und nicht anders ausfallen konnte.

Überhaupt gelte es, sich von der Illusion einer übergeordneten, lenkenden, integrierenden, auswählenden Instanz, welche die Leistungen des Gehirns benutzen und beeinflussen kann, einer Instanz also, die nach landläufigen Vorstellungen »Ich« genannt wird, zu verabschieden. Die drastische Erkenntnis der Neurophysiologie lautet, dass auch höchste mentale Prozesse aus nichts als neuronalen Entladungen bestehen.

Angesichts dieses forschen Reduktionismus regt sich ein Aufstand nicht nur unter Juristen (das Verantwortungsproblem!) und Philosophen (das Bewusstseinsproblem!), sondern auch ein Laie erhebt sich anschließend im Hörsaal von seinem Sitz und formuliert die skeptische Frage, ob nicht die Ergebnislosigkeit einer Suche immer auch von den verwendeten Instrumenten abhinge.

Ich kann die Zweifel des Mannes verstehen, denn Wolf Singer ist kein guter Verkäufer. Als Überbringer einer schlechten Nachricht müsste er es geschickter anstellen, einen Saal voller überzeugter Leib-Seele-Besitzer bis zu dem Aussichtspunkt zu führen, an dem sich ihre Seelen in Schall und Rauch auflösen.

Statt Listen apodiktischer Schlussfolgerungen an die Wand zu werfen, wäre es sicher besser gewesen, ein paar der Schritte nachzuerzählen, die zu der Schlussfolgerung geführt haben, dass wir stetig raffinierten Selbsttäuschungen unterliegen. So aber entsteht an diesem Abend tatsächlich der Eindruck, als würden hier Teilerkenntnisse schon zu einem Weltbild geformt, als stünde noch ein ziemlicher Eiertanz bevor, um die ›mechanistische‹ Hypothese des Dr. Singer gegen Einwände abzudichten und in sich stimmig zu machen.

Unübersehbar ist zudem der Anspruch, dem Menschen anhand von Expeditionsberichten aus dem Dunkel eines einzigen, wenn auch seines komplexesten Organs das ganze Menschsein zu erklären.

Aber: Ohne Frage sind Vorstöße ins Gehirn ein gewaltiges Abenteuer. Die Metaphorik, unter der sie heute stattfinden, entpuppt sich dabei als die unserer Epoche. (Zitate Singer: »Das Gehirn ist ein großes, integriertes, nicht lineares neuronales Netz. Alles Wissen eines Menschen residiert in der funktionellen Architektur seines Gehirns …«)

Auf das Problem des freien Willens möchte er dann nicht mehr eingehen, denn er habe dazu indirekt schon alles gesagt.

Möglicherweise werden auch die Geistes- und Sozialwissenschaften eines Tages nicht umhinkönnen, unser Ich als halluzinatorisches Konstrukt zu begreifen – und damit nach Kopernikus

und Freud die dritte menschliche Hyperkränkung provozieren, dass dieses Ich (seit Kopernikus auf einem Karussell um die Sonne reitend, seit Freud kein Herr mehr im eigenen Haus) nun gänzlich obsolet geworden ist.
Bis dahin möchte ich allerdings überzeugendere Indizien für meine Nichtexistenz erhalten!

KW 25

Nachrichten aus Indioland: Eine Lichtung im ozeangroßen Dschungel Amazoniens, darauf Hütten und Pflanzungen von Menschen, die noch niemals Kontakt zur Restwelt hatten. Das Kleinflugzeug, das über die Lichtung hinwegfliegt, wird Ziel ihrer Pfeile.

Indios mit roter oder schwarzer Körperbemalung, vor Panik in den Knien abgeknickt, greifen es an.

Man hat ihre Siedlung auf einem Satellitenfoto entdeckt.

Die »Nationale Stiftung der Indios« in Brasilien hat entschieden, zu den ungefähr vierzehn »unkontaktierten« Gruppen von Ureinwohnern Südamerikas, welche bis zu zweitausend Menschen umfassen, am Boden nicht mehr vorzudringen.

Pfeile steigen auf, fallen herab.

KW 26

Weißer Staub wirbelt durch Athens Straßen, fliegt hoch bis zum Schriftzug »Fuck«, der auf einen runtergelassenen Rolladen gesprayt wurde, nebelt Demonstranten ein, aus deren Mitte sich in wüster Wut Kämpfer lösen und auf die Barrikaden vor dem Parlamentsgebäude zustürmen. Ganz in Schwarz, mit schwarzer Gasmaske und schwarzen Handschuhen, spannt einer von ihnen seine Schleuder, will mit finsterem Blick durch sein Visier das Sparprogramm der Regierung treffen.

DER BAUHELM

Im Regenwald leben Indianer.
An seinem Schreibtisch in Berlin sitzt der Entwicklungshilfeminister und ist nicht zu sprechen.
Eine Uhr tickt.

Eine Uhr tickt.
Hat der Minister einen Termin?
Vor seiner Tür warten Vertreter der mittelständischen Wirtschaft und rücken an ihren Krawatten.

Der Minister reißt die Tür auf und ruft, ob sie mitwollten nach Ecuador.
Seine Maxime: fördern und fordern.
Regenwald bringt nichts.

Regenwald bringt nichts.
Gefördert wird Erdöl, gefordert die passenden Rahmenbedingungen.
Der Minister und seine Freunde sitzen im Flieger.

In Ecuador hat der Präsident eine Idee:
Wenn andere Länder dafür zahlten, könnte das Erdöl ungefördert unter dem Regenwald bleiben.
Die Indianer würden dort weiter leben.

Die Indianer würden dort weiter leben.
Der Entwicklungshilfeminister macht sich bereit zum Aussteigen.
Ich zahle nicht fürs Unterlassen!, zischt er.

Wenn der Minister einen Termin im Freien hat, trägt er immer einen Bauhelm.
Starkstromleitungen summen in seinem Rücken.
Ist er der falsche Mann am falschen Ort?

Er ist der falsche Mann am falschen Ort.
Um ein winziges Stück ist der Schlips auf seiner stämmigen Brust verrutscht.
Nur Taten zählen.

Redet er übers Wetter, meint er das Investitionsklima.
So gut er kann, hilft er der deutschen Wirtschaft, sich zu entwickeln.
Eine Uhr tickt.

Eine Uhr tickt.
Der Mann unter dem Bauhelm war noch nie im Regenwald und ist nicht bereit, über ihn zu sprechen.
Dort leben wohl Indianer.

POSTVERBALES OBJEKT heißt eine Graphik von Carlfriedrich Claus, einem grüblerischen Einsiedler, den in der DDR nur sporadisch die Briefe seiner Künstlerfreunde erreichten, während er nachts beim Schein einer Lampe Ernst Blochs *Prinzip Hoffnung* las.

Mit großer Konsequenz hat Claus jene Écriture automatique der Surrealisten, die Unbewusstes an die Oberfläche holen wollte, weitergeschrieben. Da er sich nicht zufriedengab mit dem Anglerglück solcher surrealen Fischzüge, trieb er sie weiter bis in die Dialektik. Er wählte sich bewusst Themen, durchdachte sie, fertigte dann mithilfe seiner beiden Hände eine Art Mitschrift seiner Denkarbeit an, die sich zu einer größtenteils unleserlichen Landschaft verdichtete. Was sie ans Licht brachte, waren der Anteil des (Noch)-Nichtbewussten, die stets vorhandenen Rückseiten von Verständnisprozessen. Unversehens kippt Schrift so in einen sowohl vor- als auch nachsprachlichen Zustand, dessen kurzzeitige Kristallisation ins Entzifferbare, also der Moment, den wir für den gewöhnlichen halten, sich als Sonderfall herausstellt: Um ihn herum flutet das skripturale Meer, in dem Claus seine cartesianischen Tauchgänge unternimmt.

Sein eigenwilliger Versuch, einer Sache auf den Grund zu gehen, findet dort, durch die gläsernen Wände der Tauchglocke blickend, die individuelle ›Hand-Schrift‹, die manche Blätter nahtlos bedeckt – und zwar von beiden Seiten, denn er benutzte oft Transparentpapier.

Rhythmisch ziehen sich darauf rosa und schwarze Stenogrammketten auf der Vorder- und Rückseite zu einem Geflecht zusammen, wobei auf einer Seite, über den Schriftfäden schwebend, ein schwarzer, opaker Polyeder erscheint: das postverbale Objekt. Nicht nur erscheint es auf und über einem Grund, der schon durch seine Transparenz bodenlos ist, sondern überdies verbirgt es in seinem Inneren, ahnbar, halb versteckt wie ein Grauen, ein langgestrecktes, liegendes, vielleicht vielgliedriges Wesen, welches das Rätsel des ganzen Blattes ist.

Um das postverbale Objekt herum, wie eine Lache verschüttet, wie eine Verbrechensspur, einzelne, beinahe lesbare schwarze Worte.

Die Graphik, auf die von oben Licht fällt, steht frei im Raum. Sie wird von mir umkreist. Unter den anderen Notaten, unter den anderen Zeichen, die jetzt auf Sockeln montiert sind, ist sie ein 1971 geschaffenes Vexierspiel zwischen Mitteilung und Geheimnis.

In Carlfriedrich Claus' Bildern sehe ich immer wieder Augen – gerade dort, wo gar keine sind. Sie blicken mich an wie die eines Tauchers, der nachts allein beim Schein einer Lampe sitzt und von einem zerlesenen Buch aufschaut.

KW 27

Es gibt ein neues Land: Südsudan.
Soldaten marschieren im Paradetritt, um die Unabhängigkeit dieses Staates zu feiern. Währenddessen harren in einer Region, in der die noch ungeklärte Grenze zwischen Nord- und Südsudan verläuft, Angehörige des Volks der Nuba in Berghöhlen aus, weil sie der Präsident des Nordsudans, Omar al-Bashir, aus Flugzeugen bombardieren lässt. Sie kauern im Dunkeln, voller Angst, das Weiße ihrer Augäpfel grell hervorgeholt vom Blitzlicht des Kriegsfotografen Taylor Hicks. Eine Frau, die sich an der niedrigen Decke der Berghöhle abstützt, als wolle sie den Felsen am Einsturz hindern, vermeidet es, in die Kamera zu sehen, fixiert seitlich davon den Boden mit einem Gesichtsausdruck auswegloser Bitternis.
Die Nuba sind diejenigen, die Leni Riefenstahl einst als Projektionsfiguren für eine Fotoserie dienten.
Heute, sagt ein Mitarbeiter der Gesundheitsstation in den Nuba-Bergen, seien sie nicht wiederzuerkennen: Bei Vollmond hätten sie früher immer getanzt; jetzt tanze keiner mehr.

SERENGETI

Ich suche einen Stoff. Er soll als Überwurf für einen abgewetzten Sessel dienen, soll das alte Möbel neu beleben, indem er Geschichten erzählt aus dem Nähkästchen der Evolution, am liebsten solche, in denen leichtfüßig trabende Tiere auftauchen und den Betrachter beäugen, oder solche, in denen Blütenwinden sich um einen Ausblick ranken – Hauptsache, der nackte, schwere Sessel ist behängt mit verwobenen Fäden, über ihn geworfen wie ein gutes Geschick.
Meine Suche dauert schon länger. Die meisten Decken sind zu blass oder zu bunt, zu breit oder zu kurz, zu teuer oder zu hässlich. Sie würden nichts oder zu viel bemänteln, so dass die Evolution des Sessels steckenbleibt und er immer schäbiger wird.

Ich gehe zum Stoffhändler. Er betreibt sein Geschäft ohne Kompromisse: edle Gewebe, strapazierfähige Motive, und sein Angebot entwickelt sich stetig. Er arbeitet auch Möbel auf, dass sie aussehen wie neu. Im Schaufenster hat er Muster drapiert. Ausschnitte aus möglichen Welten könnte man maßgerecht vervielfältigen, könnte Zimmer auffrischen mit ihrem fremden, dann häuslichen Glück.
Der schönste Stoff, ein Blickfang, ist der, auf dem in einer Reihe fünf Zebras aufschauen aus ihrer dekorativ reduzierten Umgebung, aufschauen wie erstaunt, in starrem Aufruhr darüber, dass sie entdeckt, also sichtbar sind, die Hufe noch am Boden, aber vielleicht bald in leichtfüßigem Trab davonfliegend, multi-

pliziert zu einer Herde, die sich um einen ganzen Sessel herum wiederholt und wiederholt.

Ungewöhnlicherweise steht die Ladentür offen. Im Inneren des Geschäfts hängen bahnenweise, dicht an dicht, Erzählungen an der Stange, sind über ein Sofa geworfen oder liegen als Ballen aufgerollt in Regalen. Vögel klettern durch Web- und Kettfäden, Pflanzen ranken sich blütenstark in jeden Winkel, so dass sie die Sicht versperren. Nur im Schaufenster ist noch Licht. Der Stoff, in dessen Gelände Zebras auftreten, heißt Serengeti. Sein Aufkleber besagt, er liege 1,40 Meter breit und sei ein Fasergemisch, das viel aushält, ohne abgesessen und durchgescheuert zu enden. Als ich aufschaue, weil ich ein Geräusch höre, entdecke ich im Hintergrund des Ladens den Stoffhändler, der mich unverwandt anstarrt.

Meinen Gruß erwidert er nicht. Die Frage nach dem schönen Stoff beantwortet er ebenso wenig. Ich trete näher. Er sitzt, was er noch nie getan hat, und denkt nicht daran aufzustehen. Erst, als ich fast bei ihm bin, begreife ich, dass er im Rollstuhl sitzt. Ein junges Mädchen löst sich aus dem Hintergrund, schiebt den Mann, der ein fremdes Gesicht macht, auf mich zu und grimassiert hinter seinem Rücken, um mir verständlich zu machen, was nicht mehr geht.

Während ich das Muster Serengeti in der Hand halte, sehe ich einen Versehrten, umgeben von Stoffen, plötzlich eingesperrt in einer Steppe.

Der Laden wird aufgelöst, flüstert das Mädchen.

Eine Kette von Zebras hebt die Köpfe, lauscht und späht, bereit, sich zu verflüchtigen.

Die Evolution arbeitet alte Möbel auf. Sie tut dies nicht immer mit glücklichem Geschick.

Unverhofft bricht der Stoffhändler in Laute aus, versucht, mir etwas zu sagen, was das Mädchen hilfloserweise so deutet, dass das von mir Gewünschte nicht mehr lieferbar ist. Er kaut weiter auf den für ihn unerreichbaren Worten, hält mir dabei die herausgerissene Seite einer Programmzeitschrift entgegen und tippt nachdrücklich auf eine Zeile. Als ich mich herabbeuge, lese ich die Ankündigung für den Film *Serengeti darf nicht sterben.*

Ich habe einen Stoff: Das Motiv des Mannes, der geschlagen im Halbdunkel seines Ladens sitzt, überdeckt alles, auch den durchgescheuerten Sessel, in dem ich mich auszuruhen pflege.
In versehrter Sprache erzählt es von menschenleeren Flächen, auf denen Tiere von Wasserloch zu Wasserloch ziehen, manchmal aufschauen, dann weitergrasen.

KW 28

Der Kaiserpinguin Happy Feet liegt in Neuseeland auf dem Operationstisch, liegt lang hingestreckt auf dem Bauch, den Flügel willenlos zur Seite gestreckt, den Schnabel leicht geöffnet durch das eingeführte Ende eines Schlauchs. Der Pinguin ist ins künstliche Koma versetzt. Sein Magen, in dem sich dreihundert Gramm Sand befinden, den er vermutlich für Schnee gehalten hat, muss ausgeräumt werden, also beugen sich Neuseeland und die halbe Welt über den Irrläufer aus der Antarktis, der zu weit im Norden an Land stieg, weil sein innerer Kompass nicht funktionierte.

Hier kann etwas getan werden. Hilfe ist möglich.

Für den Patienten richtet man bereits ein artgerechtes Erholungsstübchen im Zoo ein. Eine Hand ragt ins Bild, tätschelt den glatten, schwarzen Rücken des Tiers. Wie erschlagen von so viel Fürsorge, liegt Happy Feet bewusstlos auf einer gekühlten Matte, erfährt die ganze Zuneigung einer Spezies, deren innerer Kompass ebenfalls schlecht funktioniert.

CHEFVISITE, murmelt der Imbisswirt Ingo, wenn sonntagabends sein speziellster Gast in Trainingshosen und Bademantel hereinkommt: Dittsche ist da. Als Erstes reicht er dem Wirt eine Aldi-Tüte voller leerer Bierflaschen über die gläsern bis in Brusthöhe aufragende Theke, dann verankert er sich dort mit dem Ellbogen und ist bereit für seinen wöchentlichen Auftritt. Nach Dittsche kann man die Uhr stellen. Er selbst lehnt auch so an der Theke, dass er Ingos Wanduhr immer im Blick hat, denn die nächsten dreißig Minuten sind live und wollen präzise getimt sein.

Ich freue mich auf die kunstvollste Mentalakrobatik des öffentlich-rechtlichen Fernsehens, auf Olli Dittrich als arbeitslosen Totalversager Dittsche, der die Ereignisse der verflossenen Woche in einer Art Bierpredigt durchnimmt und mittels unkalkulierbarem Erfindergeist neu montiert zu einer Moral mit Ohrensausen, zu einer inneren Einkehr nur für Schwindelfreie.

»Mach mir ma nen Hobel fertig, Ingomann«, kann ich aus meinem Sessel wie aus dem Souffleusenkasten rufen. So, mit der Order einer vollen Flasche, geht es gemeinhin los im Imbiss. »Das perlt«, heißt es nach dem ersten Schluck. Jetzt ist der Gast wirklich angekommen. Und um einen solchen, nicht um einen gewöhnlichen Kunden, handelt es sich, lässt Dittsche doch schon seit Jahren anschreiben, trinkt also ausschließlich auf Ingos Kosten.

Dass der Musiker Jon Flemming Olsen, mit Schürze und Perücke als Imbisswirt Ingo verkleidet, ihn zu Beginn der Sendung

»Chef« nennt, geht dennoch in Ordnung. Die irrlichternde Komik, die Olli Dittrich der von ihm entworfenen Figur verleiht, ist weit oben anzusiedeln im Patentamt des deutschen Humors. Brillant verkörpert er die Phantasmen und Anarchismen eines Menschen, für den es sich nicht mehr lohnt, den Bademantel auszuziehen.

Dittsche ist ein aufgeweckter, viertelsgebildeter Zeitgenosse, der aus Bild-Zeitung, Krawall-Fernsehen und schräg verstandenen Fremdwort-Kaskaden wöchentlich ein berauschendes Informationsgebräu destilliert, das er dann an der Theke missionarisch ausschenkt.

Ingo, ihn fassungslos anstarrend, kann eine Menge von ihm lernen, und sogar »Schildkröte«, der Dritte im Bunde, ein schweigsamer Koloss auf einem Barhocker, der den beiden anderen durchgehend den Rücken zuwendet, lässt manchmal ein überrumpeltes Lachen hören.

Dittsches mehr oder weniger improvisierte Vorträge, die ihn, von sich selbst mitgerissen, bis zu rumpelstilzchenhaften Tänzen durch den Imbiss animieren, werden nur unterbrochen durch den regelmäßigen Zwischenruf: »Mach mir ma noch nen Hobel fertig, mein Ingomann.«

Und so, die Uhr im Blick, wird das Zeitgeschehen runtergebrochen auf die Ebene der ausgeleierten Trainingshose.

Draußen blitzen die Fotoapparate der Fans, sonntagabendlich versammelt vor den Absperrungen zu dem Imbiss, in dem die Sendung aufgenommen wird.

Drinnen wechselt die Kameraperspektive, Überwachungssystemen nachempfunden, in willkürlichen Sprüngen zwischen dem agilen arbeitslosen Spinner, dem unbeweglichen Schildkrötenmann, der Feierabend hat (»steht im Baumarkt an der Säge«), und dem Wirt, der diese beiden Antipoden beherbergt, Stichwörter liefert, Dittsches wüsteste Hermeneutik zu entschlüsseln versucht und dabei immer wieder über seine Arbeitsflächen wischt, um eine gewisse Grundordnung aufrechtzuerhalten.

Plötzlich öffnet sich die Tür. Jedes Mal taucht für ein paar Minuten ein Abgesandter der Normalität auf, zum Beispiel der Hamburger Bürgermeister Ole von Beust, findet sich nicht zurecht in der höchst artifiziellen Realität, die hier durchgebrutzelt und frittiert serviert wird, bestellt hastig Kartoffelsalat und Bulette zum Mitnehmen und verschwindet wieder.

Dittsche blickt ihm treuherzig nach. Dann macht er dort weiter, wo er unterbrochen wurde durch diese Werbepause fürs wirkliche Leben, schließt seinen liebenswerten Wahn wieder über jener Leerstelle, ordert den nächsten Hobel, verankert sich an der gläsernen Theke und phantasiert Lösungen für selbst geschaffene Probleme.

»Das ganze Programm« lautet eine seiner Floskeln.

Ich brauche tatsächlich nur diese eine Sendung, um mir einen Wochenrückblick plus Resonanzraum zu verschaffen.

Olli Dittrich ist Chef und Meister darin, die Welt und ihre Neuigkeiten durch den Filter eines hypothetischen Bewusstseins zu schütten, bis sich in jedem Biertropfen, der im Mikroklima von Ingos Imbiss über den Tresen perlt, ihr ganzer alter Irrwitz spiegelt.

Während des Abspanns quasselt Dittsche weiter, das Fett spritzt laut im Grill, und man hört Schildkröte schweigen.

KW 29

Ein Teller voller Schaum, getragen von einem Komiker, schwebt im britischen Unterhaus auf den Medienindustriellen Rupert Murdoch zu, während er Auskunft geben soll über schmutzige und kriminelle Praktiken seiner soeben eingestellten Zeitung *News of the World*. Ruchbar werden solch umfassende Korruptionsbeziehungen zwischen Politik, Murdoch-Medien und Polizei, dass selbst einem Komiker das Lachen vergeht, dass er in seiner Verzweiflung zum Teller Rasierschaum greift, um den alten, schwerhörigen Strippenzieher einzuseifen, der wortkarg und schlecht gelaunt, mit seinem Hörgerät verkabelt, vor dem Untersuchungsausschuss sitzt.

Vorbei an offenen Mündern schwebt der Teller Schaum. Es ist eine seltsame Umgebung für ihn, aber er beweist Haltung.

Dann beugt sich der Komiker seinem Opfer entgegen, will die Rasur vorbereiten und vermutlich anschließend »Der Bart ist ab!« rufen, wird aber im letzten Moment von einigen aus dem Schock Erwachten beiseitegestoßen.

Rupert Murdoch hat dem Schaum sklerotisch ungerührt entgegengesehen: Er ist es schon seit Jahrzehnten nicht mehr gewohnt, hält es also für undenkbar, öffentlich barbiert zu werden. Immerhin ist ein Teil der zu klebrigen Bläschen geschlagenen Masse auf seinem Jackett gelandet.

HANDLUNGSSPIELRAUM

In ein ziemlich karges Zimmer mit drei Türen fällt durchs offene Fenster ein Ball. Ein Junge kommt hereingeklettert, holt den Ball, wirft ihn zurück nach draußen, schwingt sich mit einem Überschlag übers Fensterbrett hinaus. Der Ball fliegt erneut ins Zimmer. Gleichzeitig tritt durch eine Tür eine Frau mit einem Baby im Arm, setzt sich an den Tisch, stillt es und legt das Kind ins Gitterbett, während Junge und Ball abwechselnd das Zimmer entern und auch die Still-Szene sich sofort wiederholt. Dann kommt zusammen mit dem Jungen ein Zwielichtiger mit Sonnenbrille ins Zimmer geklettert, drückt sich an die Wand, nimmt unbeobachtet ein Paket vom Schrank, mit dem er durchs Fenster verschwindet, um gleich wiederzukehren, denn ein Mann im roten Mantel liefert erneut das Paket aus und legt es oben auf den Schrank.

Quetschkommodige Tangomusik rhythmisiert das Ganze, treibt es voran.

Nimmt man, was bisher geschah, als entfesselten Nukleus, nimmt man die vier oder fünf, von denen jeder in seiner eigenen Hypnoseschleife der Wiederholung steckt, als Anfang und stellt sich vor, dass noch mehr als zwei Dutzend weitere Figuren hinzukommen, die jeweils im isolierten Reich ihrer Handgriffe umeinander herumagieren – dann hat man eine Ahnung von der Choreographie des Films *Tango*.

Es hilft nichts: Das ultimative Kunstkammerstück unserer Existenz gibt es schon, und es kann nicht mehr übertroffen werden. Der polnische Avantgardist Zbigniew Rybczyński brauchte

dafür 1980 nur acht Minuten und eine einzige Kameraeinstellung.
In einem aufwendigen Verfahren, das ihn sieben Monate lang täglich sechzehn Stunden Arbeit kostete, schickt er lauter lebensechte Episoden, lauter Schauspieler, die leicht flatternde Ränder um sich haben wie ausgeschnittene und dann einmontierte Figuren, in das Bühnenbild eines kleinen Zimmers, wo sie sich zu einem immer sagenhafteren Knäuel ballen, ohne je einander zur Kenntnis zu nehmen. Dargestellt wird von den unablässigen Auftritten und Abgängen exemplarisch, womit wir von der Wiege bis zur Bahre unsere Zeit verbringen: Ein Mädchen macht Schulaufgaben, eine Frau serviert Essen, ein Sportler balanciert auf einem Schemel im Kopfstand, bevor er wieder hinaustrabt, eine Frau bringt Einkäufe nach Hause, ein Mann steigt auf den Tisch, um die Deckenlampe zu reparieren, bekommt einen elektrischen Schlag, stürzt schreiend zu Boden und geht hinkend ab, eine nackte Frau streift sich ein Kleid über, ein Paar vollführt auf dem Bett einen angedeuteten Beischlaf, ein Mann mit Kloschüssel, Ofenrohr und Eimer in den Händen durchquert den Raum, ein Polizist zieht seine Uniform an, und noch viele andere kommen und gehen und kommen gleichzeitig, tragen spieluhrhaft zum Stoffwechsel des Lebens bei, regelmäßig akzentuiert durch den Schmerzensschrei des immer wieder vom Tisch stürzenden Mannes und die klappenden Türen – bis sich der Raum, zunächst unmerklich, wieder beginnt zu leeren.
Brown'sche Bewegung nennen Physiker das unstete Gleiten kleiner, in Flüssigkeiten schwimmender Teilchen, das stattfindet, auch wenn die Flüssigkeit selber unbewegt ist, denn es wird ausgelöst durch Zusammenstöße von Flüssigkeitsmolekülen auf der Mikroebene, die mit der Makroebene Billard spielen.
Ähnlich erzeugt Rybzcyński durch seine verdeckte Arbeit, durch das raffinierte Durchrechnen der Konstellationen und durch

den Queue seiner Regie ein Menschengleiten durch einen Raum, der eigentlich viel zu klein für solche Aktionen ist – allerdings bewegen seine Protagonisten sich nicht wahllos und unwillkürlich, sondern kreisen auf elegant vorgezeichneten Unendlichkeitsschleifen.
Als die Überfülle und poetische Wucht auf diesem Tanzboden allmählich abklingt, als immer mehr der Protagonisten fehlen, vielleicht, weil sie hinter den Türen in eine andere Welt geraten sind, bleibt am Schluss nur eine alte Frau übrig, die sich erschöpft aufs Bett legt.
Der Ball kommt durchs Fenster hereingeflogen.

Coda: Es heißt, bei der Oscar-Preisverleihung für den besten animierten Kurzfilm an *Tango* im Jahr 1983 habe man den Namen Rybczyńskis vollkommen verstümmelt ausgesprochen, seine Dankesrede durch Orchestereinsatz abgeschnitten und ihn, als er für eine Zigarette vor die Tür trat, hinterher nicht mehr zuruck in den Saal gelassen, weil ein Sicherheitsbeamter ihn für einen Hochstapler hielt, so dass Zbigniew Rybczyński nach heftigem Protest die Nacht in einer Gefängniszelle verbrachte.

KW 30

Der US-amerikanische Kongress hat nur noch wenige Tage Zeit, einen Kompromiss zu suchen, der verhindert, dass die USA zahlungsunfähig werden.
Müde Kämpfer der Demokratie reiten mit schleifenden Zügeln, sind bemüht, das Gesicht zu wahren.
Zwei Dutzend republikanische Desperados treiben die Weltwirtschaft vor sich her, schwingen ihre Lassos, johlen vor Prinzipientreue bei ihrem Wahnsinnsritt.

Ein U-Boot taucht im norwegischen Tyrisfjord-See Planquadrate ab, um die Leichen von Jugendlichen zu finden. Sie wurden bei ihrer Flucht von der Insel Utøya vom Massenmörder Anders Behring Breivik erschossen.
Der Schlamm auf dem Seegrund ist schwarz und einen halben Meter tief.
Die Wasseroberfläche ist still und leer.

Im Teilchenbeschleuniger CERN bei Genf zeichnet sich der mögliche Schatten des »Higgs-Bosons« ab, das auch »Gottes-Teilchen« genannt wird, seit ein Forscher es auf seinem Buchtitel angeblich »Gottverdammtes Teilchen« nennen wollte – und der Verlag ihm diese Abkürzung des Namens vorschlug.
Jetzt also Auffälligkeiten, satanisch subtile Signifikanzen, womöglich Gottes-Teilchen-Beweise?
»Gemach«, sagt Siegfried Bethke, Direktor am Max-Planck-Institut für Physik, legt seine Hand beruhigend auf das Auslesegerät

ATLAS: »Diese Hinweise können in den nächsten tausend Datensätzen wieder verschwinden.«

Ein Mann, der an die Zukunft glaubt, hat sich einfrieren lassen. Der Physikprofessor Robert Ettinger, in dessen »kryonischem Institut« in den USA bereits hundertsechs Tote darauf warten, später einmal aufgetaut und wiederbelebt zu werden, hat sich selbst im Alter von zweiundneunzig Jahren dazugelegt.

MEHR FRAGEN ALS ANTWORTEN kennzeichnen die Struktur eines Essays, findet Georg Seeßlen, Autor und Filmkritiker. Temperamentvoll gestikulierend befasst er sich in seinem Vortrag mit den Charakteristika der essayistischen Form, die im Film, im Radio und in der Zeitung absichtlich zwischen den Kategorien-Stühlen sitzt: »Ein Mensch mit festen Überzeugungen schreibt keine Essays.« Seeßlen, schöne steile Thesen wagend, unterstellt, ein Essay erweitere die Zone der Ungewissheit, sei ungläubig und erzdemokratisch und sein inneres Ziel bestünde darin, einem Menschen beim Denken und Wahrnehmen zuzusehen.

Als er ausmalt, er meine ein Denken im Rohzustand, frei von äußeren oder inneren Zwängen, unbelastet von den Forderungen der Transzendenz, projiziert er zur Illustration des Gegenteils das Kuppelfresko aus der bayerischen Wieskirche auf die Leinwand. In diesem Fresko sei die ganze Bildlogik auf einen, nämlich auf den Scheitelpunkt hin ausgerichtet. Ein Essay hingegen sei von Natur aus selbstreflexiv, wolle nicht Informationspartikel zu einer Meinung verknüpfen, sondern ziele auf einen Mehrwert in der Welt der Wahrnehmungen, indem er frage: »nicht nach den Aussagen, sondern nach den Codes, in denen sie vermittelt werden«.

Was also ist das herausragende innere wie äußere Merkmal des Essays? Seine Brüche.

Georg Seeßlen, weit ausholend, fegt die Wasserflasche vom Stehpult.

Ich schreibe begeistert mit.
»Essay als Geste der Selbstermächtigung«, sagt Georg Seeßlen. Je länger er redet, desto faszinierender wird sein Versuch, eine Form zu beschreiben, die gängige Formen durchbricht, trotz dieses Querschießens aber exakt zwischen Überschuss und Kontrolle der eigenen Mittel balancieren muss. Funktioniert es, erweist sich eine herrliche Offenheit gegenüber dem, was denkwürdig ist. »Da, wo ein Problem sich nicht stellt, gehört der Essay hin«, fasst Seeßlen zusammen.
Einer der Zuhörer fragt anschließend in nicht komischer Verzweiflung, wie man Redakteure davon überzeugen könne, tatsächlich einen Essay verfasst zu haben, seien doch ihre Kriterienkataloge keineswegs vergleichbar mit Seeßlens Panoramen des Möglichen.
Dieses Problem wird vertagt.
Als ich später durch die abendliche Stadt gehe, ruft mir das Display der Kasse aus einem geschlossenen Andenkenkiosk »Grüß Gott« zu. In der Straßenbahn wundere ich mich über kleine tiefe Mülleimer »für Fahrscheine«. Was ist, wenn nach dem Wegwerfen ein Kontrolleur kommt?

KW 31

Claus Kleber und Gundula Gause im hellblauen *heute*-Studio, in ihrem Rücken die rotierende Erde: Sie stehen am langgezogensten und spärlichst bestückten Tresen der Republik, vor sich nichts außer ein paar schlechten Nachrichten.
»Die Aktienkurse erholen sich nicht«, sagt Claus Kleber. Gundula Gause nennt Zahlen. Ungreifbar für Nachrichtensendungen, produzieren die Finanzmärkte Meldungen aus Angst, Gier und unsichtbaren Händen, so wenig verlässlich wie der Umriss einer Wolke, so bestürzend real wie ein gestohlenes Portemonnaie, das nicht wieder zurückzukriegen ist.
Im hellblauen Studio rotiert die Erde.
Ungute Kursverläufe werden moderiert.
Zwischen Gundula Gause und Claus Kleber passen mindestens dreißig Schnäpse auf den Tresen, aber auch das änderte nichts an der Lage.

EXOPLANET WFRO 13C

»Wahrt euer Vakuum!« ist die Devise auf Wfro 13c. Im hintersten Winkel des Universums schaukelt eine zerfurchte Kartoffel zwischen den Trümmern von Sternzeitlosen, auf ihrer Bahn gehalten von einer erloschenen Sonne.

Wfro 13c hat keine Atmosphäre, sondern zieht umher mit bösem Gepäck: Die beiden Pole schultern Staub, der niemals mehr aufwirbelt, der kalt ruht, der keinen Millimeter hin- oder herrollt. Die Haut des Planeten ist grau. Sie spannt, da sie ohne Wasser ist.

Dennoch hausen im Inneren des Gesteins wie winzige zerfurchte Kartoffeln die Myonen, durchlaufen von Informationen, die in ihnen pulsieren als Lichtschein eines alten Feuers, als Hell-Dunkel-Botschaften und bewegte Nachrichten. Laufend ändern sich die Myonen. Zwischen zwei Zuständen schwankend, formt ihr Verband die Illusion endlos verzweigter, immer wieder aus anderen Mustern zusammengesetzter Möglichkeiten, malt züngelnde Wendungen des Glücks. Varianten zucken und rollen durch die kleinen Körper der Myonen, indem sie sie benutzen und ständig neu zusammensetzen, und die Energie dafür scheint tatsächlich unerschöpflich.

Auf Wfro 13c bastelt wohl eine Kraft an der Metaphysik. Der Exoplanet verbirgt Welten, die in seinem Inneren huschend flackern, ein Lagerfeuer, das er kalt angezündet hat und unterhält, um das Rätsel des Sinns zu beleben.

Von außen betrachtet ist er tot. Ein Festkörper schaukelt durch Sternenschrott. Die graue Staubkruste täuscht ein abgebroche-

nes Experiment vor, doch vielleicht treibt die Myonen mehr als nur Reaktionen aus einem elementaren Baukasten.
Sind sie schwer in Gedanken? Oder nicken sie, bis ihnen schwindelt?
Sie wissen wohl Bescheid.
Hier, im hintersten Winkel des Universums, wissen sie Bescheid: Die Erkenntnis ihrer eigenen Endlichkeit mündet in Lichtspiele. Unter Ausschluss von Sauerstoff, wie von Kriechströmen durchflossen, blinkt jedes einzelne Myon für sich, glaubt, kein Teil eines Musters zu sein, sondern einen eigenen Moment lang etwas darzustellen. »Wahrt euer Vakuum!« ist die Devise.
Jedes einzelne Myon erzählt, ohne jemals Luft zu holen, immer wieder die Geschichte vom Aufglühn und Verlöschen, signalisiert verdeckt, dass es im unbegreiflichen Raum steckt – und dass es nicht mehr versucht, dort herauszufinden.

KW 32

»England brennt« lauten die Schlagzeilen. Mobil zusammengewürfelte Gruppen von Jugendlichen zünden in London und anderen Städten ganze Häuserzeilen an, plündern Geschäfte. Der Mob »geht einkaufen«.

Stichflammenartig lodert die Gewalt hoch, immer abends bis in die Nacht, als ob sie ein Feierabendvergnügen wäre, und die Tränen von Ladeninhabern, deren Existenz vernichtet ist, reichen nicht aus, um das Feuer zu löschen.

In Großbritannien wird zum ersten Mal erwogen, Wasserwerfer gegen Randalierer einzusetzen.

VERRÜCKTES BLUT tropft auf die Bühne, von der Requisite für das gleichnamige Theaterstück bereitgestellt. Auf einem boxringgroßen Podest treffen eine Schulklasse mit ›postmigrantischem‹ Hintergrund und ihre Deutschlehrerin aufeinander, wobei die Lehrerin den Unterrichtsstoff, Friedrich Schiller, als Stapel Reclamheftchen unter dem Arm trägt.

Ich sehe eine Aufzeichnung des Stücks im Fernsehen, um herauszufinden, warum das Feuilleton über diese angebliche Integrationsgroteske juchzt.

Zunächst hat die Lehrerin, drei Köpfe kleiner als die Übermacht sich am Sack kratzender Machos, die trotz Unterricht ungeniert ihre blutigen Rangkämpfe austragen, keine Chance. Doch dann findet sie in einem der Schülerrucksäcke eine Pistole. Als sie deren Lauf zitternd, aber entschlossen auf ihre Schutzbefohlenen richtet, ist der Plot des Stückes gesetzt: Endlich herrscht einmal Ruhe, sämtliche Störenfriede liegen wie bei einem Banküberfall auf dem Boden, und die ästhetische Erziehung des Menschengeschlechts kann beginnen. Friedrich Schiller wartet. Die Lehrerin verteilt Rollen und Reclamheftchen, korrigiert das miserable Deutsch und die legasthenischen Schwächen ihrer Geiseln, arbeitet hart daran, *Die Räuber* auf die Beine zu stellen. Später wird sie noch Auszüge aus *Kabale und Liebe* und Schiller'schen Grundsatzschriften verkörpern lassen.

Obwohl diese Idee witzig ist, erschöpft sich ihr Potential unglaublich schnell.

Verrücktes Blut begnügt sich damit, eine entlarvende und entlastende Gewaltphantasie der deutschen Leitkultur durchzuspielen: quasi die Kanacken mit geladener Pistole zu den Idealen der Aufklärung zu bekehren – und sie dabei nach Herzenslust vorzuführen. Vom erzwungenen Hosenherunterlassen eines Jungen bis zur Kopftuchbefreiung eines Mädchens kommt alles vor, was mich unangenehm an die Schaustellungen eines Menschenzoos erinnert. Hier, in dieser Zimmerschlacht, wird angetreten gegen den versteinert dummen Islam, werden Vorurteile bebildert, aber seltsamerweise haben selbst die gröbsten Überzeichnungen und Klischees nichts Ironisches – ebenso wenig wie die unseligen Thesenpapiere, welche der Darstellerin der Lehrerin in den Mund gelegt werden. »Was ist eine Nutte?«, doziert sie, und: »Ihr müsst euch befreien.«

Und dann die plump augenzwinkernde Didaktik des Stücks! Ampelgelb wie die Reclamhefte kommt sie daher. Aufgepasst: Unterrichtsstunde! Achtung: Doppelbödigkeiten eines Theaterstücks im Theaterstück! Begriffen? Lernziel erreicht, Schüler erteilen Lehrerin zum Schluss eine Lektion in Humanismus!

Dazwischen wird immer mal wieder das Bühnenlicht gedämpft, und alle Beteiligten stimmen schlafwandlerisch deutsche Volkslieder an (abgeschrieben bei Christoph Marthaler), begleitet von einem Automaten-Piano, das kopfüber im Bühnenhimmel hängt (abgekupfert bei Rebecca Horn).

Trotz einiger Überraschungsmomente (so entpuppt sich zum Beispiel die Lehrerin letztlich als überassimilierte Türkin) bleibt die Machart dieser Integrationsklamotte ermüdend.

Anderthalb Stunden Geschrei erbringen wenig Erkenntnis.

Zum Schluss verbeugen sich die Darsteller auf ihrer kulissenfreien Plattform. Einige von ihnen haben noch verschmiertes Blut im Gesicht, und das Publikum klatscht wie verrückt.

GROSSMANN

Haben Sie das von Großmann gehört? Er soll zuletzt mit 3,19 Metern durch keine Tür mehr gepasst haben: Überall, wo er hinkam, mussten neue Öffnungen aufgestemmt werden, Portale, durch die später, wenn er wieder fort war, furchtbar der Wind pfiff.

Seine operative Sparte, das Strahlen, hatte sein Glück unmäßig vergrößert, denn jeder braucht ein bisschen Wärme, und viele meinten, sie zu finden in der Nähe eines Mannes, der aufgewachsen war neben einem Hochofen.

Dass Großmann diesen Hochofen dann für zwei Pfennig kaufte, war der Anfang seines Glücks. Er verbrachte eine rasende Hochzeitsnacht mit dem erkalteten Riesen, flüsterte ihm ein ums andere Mal zu, er würde ihn auf Vordermann bringen, so wahr er Großmann heiße, küsste ihn und taufte ihn auch gleich wie sein eigenes Kind beim Stapellauf mit einigen zerschlagenen Flaschen Sekt auf den Namen Georg Maria.

Großmann fuhr ins Ausland, um weltläufig zu werden. Sogar im Amazonasbecken soll er gesichtet worden sein. Niemand weiß, was er dort getrieben hat.

Georg Maria erbrütete unterdessen Gewinn. Großmann rückte unter den reichsten Männern des Landes auf Platz dreiundzwanzig. Er wollte aber mehr: Strahlend verkündete er nach seiner Rückkehr, nun habe er genug Energie, um es mit der Königin aufzunehmen.

Unsere Königin, bekanntlich eine gedrungene, mürrische Frau, empfängt Kraftprotze wie Großmann nur ungern in ihrem schlecht beheizten Palais. Schon mehrmals soll er ihr angeboten haben, den Regierungssitz mittels einer Leitung zu seinem Hochofen, den er zärtlich Schneller Brüter nannte, an ihn anzubinden, damit es ihr endlich einmal warm würde, und jedes Mal hatte sie so getan, als hätte sie das nicht gehört. Sobald es allerdings unumgänglich geworden war, für diesen Besucher ganze Portale aufzustemmen, herrschte ein solcher Durchzug bei der Königin, dass sie sich nicht mehr wehrte gegen Großmann, der hinter sie trat, um ihr Windschatten anzubieten und gleichzeitig zu demonstrieren, wie passend es wäre, wenn sie ihm den Hosengürtel ein Loch weiter schnallen würde, da sie ja doch niemals bis an seine Brust zu reichen vermochte. Er strahlte dabei über beide Backen. Sie sah es nicht, hatte sie ihn doch im Nacken.

Wenn Großmann lacht, kneift er seine Augen zusammen, bis sie verschwinden. Er muss dann nichts mehr sehen, denn er hat erreicht, was er will.

Zufrieden ging er auf großen Füßen davon. Im Palast der Königin zog es fürchterlich, und es tröstete sie kaum, die Zusage herausgeschlagen zu haben, ein wenig an den Gewinnen von Georg Maria beteiligt zu werden, da ihr Besucher, wie er gut gelaunt versichert hatte, unmöglich alles allein verfrühstücken könne.

Großmann trank wieder einmal mehrere Flaschen Schampus hintereinander, brüstete sich im Freundeskreis, nun auch die Königin an die Leine gelegt zu haben, und fuhr ins Ausland, um neue Geschäfte einzufädeln. Er soll sogar irgendwo im Amazonasbecken einen Kopfsprung zwischen Krokodile gemacht haben.

Seine operative Sparte, das Wachstum, zog sich herrlich in die Länge.

Währenddessen fiel in Fernost, einer Gegend, die Großmann immer mochte, weil er dort zwischen den anderen noch höher aufragte und alle ihn anstrahlten, fiel also dort ein Sack Reis um.

Haben Sie gehört, was unser Riese sagte, als er davon erfuhr? Angeblich feixte er: »In Fernost fällt ein Sack Reis um, und in meiner Heimat schlagen die Seelen mit den Flügeln.« Das Grinsen verging ihm allerdings, als Georg Maria auf ihn zukam, abgemagert, schlotternd, klappernd und staksbeinig. Er überbrachte eine Grußbotschaft der Königin, außerdem ein Halsband, das er Großmann umlegte und mit dem er ihn hinter sich herzog, zurück in die Heimat.

Da muss wohl unter Großmann der Boden gebebt und sich aufgetan haben.

Herausgeklettert aus der Seismik, langte er vor dem mittlerweile gut beheizten Palais an, dessen Portale allesamt zugemauert worden waren, und musste sich zum ersten Mal bücken, um einzutreten. Beim Arbeitsfrühstück mit der Königin saß er auf einem Stuhl ohne Beine, verstand nichts von dem, was sie sagte, spürte nur, dass ein anderer Wind weht, und dachte traurig an den erloschenen Georg Maria, der draußen vor der Tür einen Schwächeanfall erlitten hatte.

Er kniff die Augen zusammen, bis diese Bilder vor ihnen verschwanden.

Umgebremst rutschte er ab unter den mächtigsten Männern des Landes auf Platz dreiundzwanzig.

Während die Regentin etwas redete, was ihm wie Japanisch vorkam, soll er in seiner Hosentasche mit zwei Glückspfennigen gespielt und überlegt haben, ob er dieses ganze verdammte Palästchen kauft, um es auf Vordermann zu bringen.

KW 33

Beim Oktoberfest in Peking bleiben die Bänke leer.
Nur ein paar wenige Chinesen sitzen vor einer Maß Bier, hören chinesische Schlager und essen Fisch mit Sauerkraut.
Obwohl fast alles kopiert wurde, was deutsche Gemütlichkeit ausmacht, kommt keine Stimmung auf.
Ein dicker Chinese im Trainingsanzug betrinkt sich allein, hebt seine Maß Dunkles, prostet dem fernen Land zu, aus dem dieses Rezept für Lebensfreude stammt.

DER SCHWERBELASTUNGSKÖRPER

Oftmals geht Geschichte schief. Dann hinterlässt sie Elefantenfüße.

Der schlimmste hat sich unter dem Atomreaktor von Tschernobyl gebildet: eine nie zuvor gesehene, hochradioaktive Masse, in unbeschreiblichen Farben schillernd, entstanden nach der Kernschmelze. Techniker, die später zu jener Monstrosität vordrangen, waren gleichermaßen entsetzt wie fasziniert.

Eine andere Entgleisung der Geschichte, das Tausendjährige Reich, hinterließ inmitten einer Kleingartenkolonie den Schwerbelastungskörper: Dieser Elefantenfuß aus Beton, zwölftausend Tonnen schwer, sollte auf hundert Quadratmetern runder Grundfläche prüfen, ob der märkische Boden imstande gewesen wäre, die Reichshauptstadt Germania zu tragen.

Jetzt ist er letzter physischer Zeuge der abgebrochenen Pläne.

Auf Germanias Nord-Süd-Achse, einer Prachtstraße von hundertzwanzig Metern Breite, schwebte Hitler ein Triumphbogen vor, der Napoleon zum Liliputaner gemacht hätte. Statt der lumpigen fünfzig Meter des Pariser Arc de Triomphe sollte er hundertsiebzehn Meter in die Höhe ragen – und auf hundertsechzig Metern Breite Platz bieten für die 1,8 Millionen Namen der im Ersten Weltkrieg gefallenen deutschen Soldaten.

Angesichts solcher Gigantomanie überkam selbst die nationalsozialistischen Ingenieure und Architekten Fracksausen: Eilig wurden französische Zwangsarbeiter rekrutiert, um nahe der geplanten Baustelle des »Bauwerks T«, wie der Triumphbogen meist umschreibend genannt wurde, ein Gebilde zu errichten,

das mittels ungeheurer Masse den zukünftigen Triumph simulierte und zeigen konnte, ob er nicht mehr als die höchstens vertretbaren fünf Zentimeter pro Stütze in den Mergelgrund absacken würde.
1941 war der Schwerbelastungskörper fertig.
Nach dem Krieg hielten ihn die meisten, die ihn entdeckten, für einen Rundbunker.
1948 wurden die Messungen ausgewertet: Germanias stolzes Tor hätte sich mehr als neunzehn Zentimeter in den Boden abgesenkt.
Heute steht der Fuß ohne Elefant da, ein Abdruck der Geschichte, die hier so aufstampfen sollte, dass kein Stein auf dem anderen bliebe – und das auch tat.
Luftige Stufen aus Stahl führen neben der Betontrophäe geradewegs auf eine Aussichtsplattform. Der Beton gegenüber altert. Erstes Grün zeigt sich in Ritzen.
Das Fundament des Schwerbelastungskörpers ist abgedichtet gegen eindringendes Wurzelwerk.

ERLÖSUNG DEM ERLÖSER lauten die letzten, chorgehauchten Worte in Richard Wagners Bühnenweihfestspiel *Parsifal*. Auf dem Grünen Hügel in Bayreuth inszeniert Regisseur Stefan Herheim diese schwer verdauliche Chose so, dass es recht eigentlich deutsches (Un-)wesen ist, welches seiner Erlösung entgegenfiebert, ausgehend von der Epoche der Entstehung des *Parsifal* (gefangen innerhalb und außerhalb der Villa Wahnfried, Wagners Bayreuther Haus), über Ersten und Zweiten Weltkrieg – bis hin zum effektvoll optisch zusammengestauchten Deutschen Bundestag, dessen Abgeordnete »Zum letzten Male! Will des Amtes er walten« singen, bevor Parsifal den Amfortas und mit ihm das ganze verfahrene Unheil um Zweckentfremdung und Pflichtvergessenheit entsühnt.
Zum Schluss kippt die spiegelnde, kreisrunde Decke, die über dieser Szene gehangen hat, in die Vertikale und senkt sich ab, verdoppelt erst das Publikum, dann das sonst niemals sichtbare Orchester, das so einzigartig geheimnisvoll aus seinem Verhau tönt – um schließlich, zu den Worten »Erlösung dem Erlöser«, mit projizierten Längen- und Breitengraden auf jener spiegelnden Scheibe, die nun unser Globus ist, im gleißenden Licht einer Taube zu enden. Dieses Licht erhellt den Saal so, dass die Weltgemeinschaft nicht umhinkann, sich selbst in Augenschein zu nehmen, wie sie aus dem Gitter der Längen- und Breitengrade starrt.
Ich bin zum ersten Mal im Festspielhaus. Zwar sind die Sitze so hart wie erwartet, aber die Zuschauer begeistern sich mit liebens-

wertem Enthusiasmus, klatschen nicht nur, sondern trampeln, und auch die Kleiderordnung ist von schöner Gelassenheit. Der Snobismus, den man als bislang Ausgeschlossener vermutet (durchschnittliche Frist, um an eine frei verkäufliche Karte zu kommen: zehn Jahre), löst sich vor Ort in nichts auf. Sogar die spleenigsten Rituale des toten Meisters, wie der Brauch, jeden Aufzug vom Außenbalkon drei Mal durch Fanfarenbläser ankündigen zu lassen, passen als Teil in ein Gesamtkunstwerk, dessen Gehäuse und Ablauf insgesamt erfreulich funktional wirken. Ein guter Rahmen also, um die belasteten Stoffe Wagners immer wieder aufs Neue anzugehen, vielleicht sogar, um ihr Wiedergängertum aufzuspüren.

Am Vorabend steckten die Mannen, die dem Retter Lohengrin zujubelten, in Rattenhäuten, die fallweise abgelegt und am Haken in den Schnürboden gezogen werden konnten, so dass erschlaffte rosa Rattenschwänze über der Szene baumelten (Inszenierung: Hans Neuenfels).

Auch darüber wird das Publikum, das sich während der Schlussszene des *Parsifal* gezwungenermaßen selbst ins Gesicht schaute, nachzudenken haben.

KW 34

Wo ist Muammar al-Gaddafi?
Die Rebellen haben die libysche Hauptstadt erobert, aber als sie in seiner Festung nach dem Diktator suchen, ist er unauffindbar. Zurückgeblieben ist eine goldene Faust, die einen US-Kampfjet zerquetscht: Dieses Denkmal erinnerte Gaddafi seit 1986 an seine Fortune, Luftschläge zu überleben.
Wie viel Fortune er jetzt noch hat, innerhalb, unterhalb oder außerhalb seiner Festung, wird sich weisen. Die Rebellen durchkämmen unterirdische Bunkeranlagen, haben Straßensperren errichtet und ein Kopfgeld auf Gaddafi ausgesetzt. Als Liebhaber der Maskeraden könnte er buchstäblich überall sein, auch mitten unter ihnen.
Ist er diese von Einschusslöchern übersäte Wand der Festung?
Dieses besprühte und triumphierend erstiegene Denkmal?
Dieses abgerissene Plakat?
Der unsichtbare Diktator hat die größte, die manische Anwesenheit erreicht.

KW 35

Rettungsschirm für Griechenland
Fünfundsechzig Millionen Euro Kredit
Der Grieche
Spannt ein Regenschirmchen auf, wird hoch in die Luft geweht, lustig mit den Beinchen strampelnd

In Wahrheit
Hängt das Land am Fallschirm
Im freien Fall
Der Fallschirm ungeöffnet

Gutverdiener stoßen an auf Steuerhinterziehung
Frühestrentner tanzen Sirtaki
Öffentliche Bedienstete machen mobil
Männer im Kafenion fragen: welche Krise?

Ewige Sonne zwischen antikem Gerümpel
Sonne im Bratrohr
Dorische Sonne
Waldbrand-Sonne, mit hochgelegten Füßen betrachtet
Sonne im Herzen
Sonne, Sonne, Sonne

Brennt sie zu stark
Die sengende Sonne
Spannt der Grieche einen Sonnenschirm auf

KW 36

Versorgt mit Elektrolyten und frischem Fisch, steht der Pinguin Happy Feet in seiner eisgepolsterten Transportbox auf einem Forschungsschiff und wird durch acht Meter hohe Wellen gefahren. Dann ist es so weit: Die ihn betreuende Tierärztin gibt ihm einen zärtlich kalkulierten Stoß, worauf er rückwärts die für ihn installierte Rampe ins Meer hinabrutscht, begleitet vom Klatschen und freudigen Johlen der Crew abtaucht und verschwindet.
Seitdem meldet ein am Gefieder angeklebter Peilsender seine Standorte.
Hoffnungsvolle Prognose ist, dass ein schon einmal um dreitausend Kilometer verirrtes Tier nun in die zweitausend Kilometer entfernte Antarktis zurückfindet.
In den ersten zweiundzwanzig Stunden schwimmt Happy Feet hin und her, schwenkt partout nicht auf den geraden Kurs nach Süden ein, kommt lediglich sieben Kilometer weit.
Das Medienecho wird schwächer.
Obwohl der Peilsender regelmäßig Daten liefert, kommentiert sie niemand mehr.
Happy Feet schwimmt da draußen im kalten Blau hin und her, von unkalkulierbaren Wünschen und Interessen getrieben.

Eine NASA-Sonde schickt Bilder der vorerst letzten Spuren, die Menschen auf dem Mond hinterließen.
Vom Landeplatz der Raumfähre Apollo 17 aus ziehen sich unentschlossene, zerfranste Pfade durchs Gelände, bis sie dann in

Richtung auf die dort verbliebenen Messinstrumente zu eindeutigen Stichwegen werden.
Hundert Meter stoßen Fuß- und Räderspuren vor, sollen erhalten bleiben als menschliche Unterschrift, als triumphale Graffiti, als Orientierung im Staub – aber die NASA hat konservatorische Sorgen: Mittlerweile wetteifern mehr als zwei Dutzend Teams von Privattüftlern darum, für ein ausgelobtes Preisgeld von dreißig Millionen Dollar ihr erstes unbemanntes Raumfahrzeug auf den Mond zu schicken.
Die NASA rotiert. Sie sieht die Amateur-Roboter dort oben schon verwüsten und verwischen, was Sanktuarien der Menschheit sein sollten. Sie erklärt die allerersten Schritte (Apollo 11) und die letzten Reifenabdrücke (Apollo 17) ihrer Missionen für tabu, aber sie kann nur auf Verständnis hoffen, denn so viele ideelle Besitzurkunden dort oben im Staub auch unterzeichnet sind, gehört der Mond doch niemandem.

DOKTOR NO

Patient wurde überstellt, da er an seinem Arbeitsplatz immer unerbittlicher darauf beharrte, sein Vertrag enthalte die Klausel »Für eine Million Jahre«.
Er lebt in einem semiotischen Labyrinth.
Zeichnet unablässig Piktogramme und Pläne, die nur er versteht. Weltrettungsphantasien. Nennt sich Doktor No. Halluziniert schwarze Eisenhände, mit denen er Warntafeln zerdrückt oder beschriftet.
Dr. No: »Gesteinsbarrieren sind keine Denkbarrieren / Wir müssen echte Hindernisse schaffen«
Nennt sich »Endlagermüllwerker«. Auch: »Verantwortlich im Sinne der Atommoral«.
Erwähnt ständig Nachgeborene.
Malt Piktogramme mit Totenschädeln und Fluchtwegen. Lacht über deren Sinnlosigkeit.
Redet manchmal trügerisch klar:
»Die vergrabenen Reste der Gegenwart erfordern, für dreißigtausend Menschengenerationen im Voraus zu denken: Halbwertzeit von Plutonium-239: vierundzwanzigtausend Jahre. Wie warnen? Was tun? Unsere ältesten Schriften haben nur fünftausend Jahre auf dem Buckel, und beinahe niemand kann sie mehr entziffern.«
Der Patient beendet solche klaren Momente, indem er unleserliche Pläne ausbreitet und darauf besteht, einzig die Mathematik sei universal-multilingual, einzig die Mathematik, codiert in lebenden Trägern.

Bleckt bei Eifer sein Gebiss, löchrig wie eine Himmelsleiter.
Dr. No: »Das Ziel ist im Weg / Könnten stationäre Satelliten ewige Drohungen senden? / Sollten Skorpionvogelmenschen die Stätten markieren? / No! Die Rettung: Todesblumen«
Sein Todesblumenprojekt: schwarze Gewächse, DNA-manipulierte Pflanzen, die nur bei Endlagerstätten vorkommen sollen und die in ihrem Erbgut mathematisch verschlüsselte Informationen über den Abgrund vermitteln.
Dr. No: »Sich fortpflanzende Sicherheit! / Auf ewig Schluss mit dem Spukulieren«
Spricht der Patient über »Spukulieren«, wechselt er meist die Farbe, wird aschfahl, hohläugig, schielt und beginnt zu hinken. Die motorische Kontrolle bricht zusammen.
»Humanum humanorum«, murmelt er in diesem Stadium stundenlang zwischen seinen zischenden Zahnlücken hindurch. Zugang ist dann schwierig.

EXOPLANET RA/IV 4040

Steckbrief: Planet des Erwachten
Der Erwachte: »Kein Ich«
Der Erwachte: »Keine Welt«

Zellverbände, Sternhaufen, augenloses Licht

Falsches Erwachen führt von Traum zu Traum
Richtiges Erwachen auch

Kinderweinen nachts um drei
Hochgeschreckt aus einem Alb
Auf den Spuren des Erwachten
Kein Ich, keine Welt

Nur Grabsteine halten
Länger
Als vieles andere

STRAHLEN-KÄLTE, Nachbarschaftsärger, unerklärliche Flecken, Stromzähler-Unregelmäßigkeiten, Schutt und Verdächtiges im Straßenbild bedrohen Horst Ademeit zwei Jahrzehnte lang. Er wehrt sich, indem er solche Indizien wieder und wieder fotografiert. Auf diese Weise kommen rund zehntausend Polaroidfotos zusammen, alle mit weißem Papierrand, auf dem Ademeit ausufernd ergänzend notiert, was ihn stört, was er hört, was er argwöhnt und bestöhnt in seiner Sozialwohnung in Düsseldorf-Flingern.

Als er in ein Seniorenheim umzieht, gelangen diese Observations- und Tagesbilder in den Kunstbetrieb.

Sie werden nun zum wiederholten Mal ausgestellt, und ich beuge mich fasziniert über Vitrinen, die in unerschöpflicher Reihung Alltagsszenerien als Lebens- und Leidensarchiv präsentieren. Da klemmt das Haustürschloss, da stehen Öllachen auf der Kellertreppe, da hat der Mieter Marscheider seit gestern 12.33 Uhr eine graue Keramikschale im Hinterhof abgestellt, da offenbaren sich Teer-Dunkelheiten in der Behrendstraße und ein eigenartiger Strahl, der quer durchs Bild zieht, da sitzen die Spinnen an Wänden und Decke mal angespannt bis zum Spagat, mal entspannter an einer 1,5 Meter höheren Stelle – all das protokollarisch festgehalten von Horst Ademeit. Aber er fotografiert auch sein neues Geschirrtuch, seinen Stuhlgang (»ein paar Köttelchen und Frischblut genau wie gestern«), Schaufensterauslagen (»HAKO-Geschäft, Auslage Kompaße«), ewige Baustellen (»ob das so sein muß?«) und die seltsame Art, wie der Mieter

Schenk seine Socken auf dem Wäscheständer zum Trocknen aufgehängt hat.
Manchmal verwackelt, manchmal vom Blitzlicht gezeichnet, schält sich in gespenstischer Konsequenz genau jene vollgestellte, schäbige Wirklichkeit heraus, die der echten verdammt nahekommt, durch die man normalerweise hindurchzusehen versucht. Kunstvoll-kunstlos verdichten die Dokumente etwas, was nicht länger als privates Wahnsystem, sondern als General-Unentrinnbares aufscheint: die allgegenwärtigen Tatorte des Trivialen. An ihnen manifestieren sich für Ademeit Bosheit, Zerstörungswut und Strahlen, aber selbst wenn man nicht an solche feindlichen Agenten glaubt, ist das schiere So-Sein der Dinge, ist die Wohnungs-, Stadt- und Seelenmöblierung, die hier auf alter Tat ertappt wird, ausufernd niederschmetternd. Sehr schnell verflüchtigt sich das Lächeln über den ›Verrückten‹, der unterwegs seinen Einkaufstrolley und die daraus hervorragende Aldi-Tüte abstellt, um den Realitätspartikelraum Düsseldorf-Flingern mitsamt diesem schattenwerfenden Trolley auf eine Weise festzuhalten, dass es mich, obwohl ich noch nie dort war, vor lauter ungewolltem Wiedererkennen schmerzt. Das Nicht-Bildwürdige kommt aus einem seiner letzten Refugien gekrochen, von einem manischen Fotografierer erlöst. Es breitet sich aus, erfasst die Tage und die Jahre, bis es zu einem Werk geworden ist – und die Schrecken seines Ursprungs dadurch halbwegs transformiert, aber nicht verliert.
Kümmerliche Gewächse vegetieren zwischen einem Zaun und einer Mauer: »das hintere Gartenstück, das Marscheider innehat und pflegt«.
Neben Fahrrädern, Pfützen, Ruß-Kohlen-Staub, Betonschutt und einer Öl-Moos-Kante beschneidet Horst Ademeit den Lebensbaum des Hinterhofs um vierzig Zentimeter.
Er fotografiert Knubbel und Entzündungen des eigenen Körpers.

Die Strahlen-Kälte, der er sich ausgesetzt fühlt, muss für ihn ab einem bestimmten Punkt regelmäßig bewiesen werden, also arrangiert er täglich auf dem Küchentisch diverse Geräte, die ihre Messwerte zeigen, unterlegt sie mit der Tagespresse, deren Schlagzeilen wie bei einem Entführtenfoto die jeweilige Aktualität beglaubigen, und lichtet es ab: radikal seriell, durchnummeriert bis zur Ziffernfolge 6006. Das bedeckt die Wände des Ausstellungskabinetts, und ich sehe: Es gibt dunkle, es gibt helle Tage. Auch wenn die Polaroidkamera versagt, gliedert Ademeit diese Ergebnisse unbeirrt ein, gibt ihnen eine Nummer, eine ausführliche Legende und ihren Platz im Ablauf der unguten Zeit.

Sein Elend zählt. Mit seinen Mitteln kämpft er gegen die orakelhafte Nichtswürdigkeit, die uns alle belauert.

Manchmal richtet er die Kamera auf den Himmel: »Diese Bewölkung könnte eine Quell-Bewölkung sein?!« Ausrufezeichen sind für ihn das naheliegende Ende jeden Satzes.

Die letzte Vitrine der Ausstellung durchbricht auf einmal das Prinzip, den mittlerweile gestorbenen Horst Ademeit nicht unnötig bloßzustellen. In ihr liegen acht Millimeter große Kügelchen, die er selbst gedrechselt und zur Strahlenabwehr am Leib getragen hat. Acht Millimeter Durchmesser haben sie, weil dies der größten Weitung der menschlichen Pupille entspricht. Daneben, als armselige, verlorene Relikte auf Weiß, einige der Original-Messgeräte, die bis zum Tag 6006 und darüber hinaus funktionierten.

Erst durch die Zurschaustellung dieser Besitztümer wird Horst Ademeit plötzlich zu einem Fall verkleinert, schleicht sich bei mir das Gefühl von Leichenfledderei ein.

Die Polaroids hingegen gehen trotz aller Intimitäten weit über jegliche Preisgabe hinaus. Gefasst durch ihre Struktur, fahnden sie nach den Gründen menschlicher Traurigkeit.

Im Dezember 93 schreibt Horst Ademeit unter ein Foto vom Hinterhof: »Beton Wege und Podest / unerklärliche ausgesparte Flächen / frei von Schnee der gestern überall / gleichmäßig gelegen hatte«.

KW 37

Aus dem Meer zwischen Neuseeland und der Antarktis kommen keine Funksignale mehr. Vielleicht ist dort noch ein Pinguin unterwegs, der seltsame Erlebnisse hatte; vielleicht ist er tot. Die Meldungen über ihn brechen ab.

In der kenianischen Hauptstadt Nairobi leckt eine Öl-Pipeline. Als Slumbewohner versuchen, sie anzuzapfen, explodiert sie. Hundertzwanzig Menschen stehen in Flammen. Verkohlte Leichen treiben im nahegelegenen Fluss.

LEBENDE TOTE nennen Schaulustige das, was in Aki Kaurismäkis Spielfilm *Le Havre* gleich als afrikanische Fracht im Beisein von Polizei und Erste-Hilfe-Kräften am Containerterminal ausgepackt werden wird. Auch die zahlreich gekommenen Schaulustigen im Kino, unter denen ich sitze, erwarten eine humanitäre Katastrophe.

In aller Herrgottsfrühe hat ein Nachtwächter wie ein blinder Seher mit seinem Stock gegen die Metallcontainer geschlagen – und angehalten, als Kinderweinen ertönte. Sie sind also entdeckt: Leute aus Gabun, seit drei Wochen in einer Kiste versteckt. Unter ihnen: der Junge Idrissa, dem die Flucht gelingt, der daraufhin in Aki Kaurismäkis Universum an Land geht.

Ihm hilft der Schuhputzer Marcel Marx, ein nicht mehr praktizierender Schriftsteller, in einem früheren Film Kaurismäkis noch als Bohemien unterwegs. Auch die Kulisse, ein zigarettenrauchumflortes Hafenviertelpoem voller laternenbeleuchteter Gemütsinseln, stammt aus früheren Leben, verkörpert perfekt das Markenzeichen des Regisseurs, aus lauter Sehnsucht zusammen- und ineinandergeschobene Zeiten zu beschwören.

Nichtsdestotrotz ist das Thema des Films von dieser Welt: Man könnte ihn auch als Anti-FRONTEX-Pamphlet sehen, als Wühlarbeit im Dienste innerer Durchlässigkeiten. Da sich in ihm eine ganze Nachbarschaft zusammentut, um den Illegalen Idrissa sowohl vor Denunziation und Abschiebung zu schützen als auch, um ihm die heimliche Überfahrt nach London zu er-

möglichen, wagt er eine Utopie, welche ex negativo die Gegenwart hervortreibt.
Das Leben ist in Kaurismäkis Filmen immer eine Haltungsfrage. Der Retter Marcel Marx hat sich für eine tätige Haltung entschieden. Einstellungen, gewohnt hinreißend ausgeleert und ausbalanciert wie japanische Holzschnitte, reihen sich aneinander, bilden ein Album der (Kinder-)Wünsche: der treue Hund, die ehrliche Arbeit, die gute Welt. Aber Vorsicht: Der Hund Laika trägt den Namen eines Wissenschaftsopfers, die Passanten tragen alle Turnschuhe, sind also für den Schuhputzer verloren, die Fernsehnachrichten tragen als Bericht von der Bulldozerisierung eines Immigrantenlagers dazu bei, dass Marcel und seinen Freunden in der Bar ihr Schnaps im Hals stecken bleibt.
Es ist nicht die kleinste Kunst Kaurismäkis, wie er Realitäten mit der Fabel vom Menschenrecht verschmelzen lässt – zumal es sich um eine tückische, höchst stilisierte Fabel handelt, deren U-topia, also deren Ortlosigkeit in einem fiktiven Hafen angesiedelt ist, der nur zufällig wie die französische Stadt Le Havre aussieht.
Auf tritt aus einem alten Auto: der Kommissar. Er fehlte noch, wo lebende Tote wesen.
Der ernste, im und vom Dienst am Menschen traurig gewordene Ermittler wird zum Grenzgänger, schlägt sich wider jede Erwartung auf die Seite von Marcel Marx und seinen Freunden und bietet ein unvergessliches (Votiv-)Bild, als er mit einer Ananas unter dem Arm die verstummende Hafenbar betritt. Leben ist eine Haltungsfrage! Der Kommissar und sein Attribut sind ähnlich einprägsam wie die Lautréamont'sche »Begegnung einer Nähmaschine mit einem Regenschirm auf einem Operationstisch«, und das Kinopublikum, von mir auf preiswerte Lacher belauert, lacht ein einziges – sozusagen ein-für-alle – Mal.
Der Kommissar verzieht keine Miene.

Im Universum *Le Havre* fahren Fischer raus und kehren ohne Fang zurück, legt der Ärmliche seinen Sonntagsanzug an und schüchtert den Direktor eines Abschiebegefängnisses ein, dreht der Finger des Teufels die Wählscheibe eines Bakelit-Telefons – aber es siegen Rettung, Wunderheilung und eine plötzlich ausbrechende Kirschblüte des Baums, der die ganze Zeit wie tot im winzigen Vorhof des Hauses von Marcel Marx stand. Er lebt. Was diesen Film leuchten lässt, ist die vollkommene Unerfüllbarkeit seiner Vision: die nicht naive Gutherzigkeit.

KW 38

Kweku A.'s Kopf liegt auf einem Kissen und genießt den Wohlstand, den Herkunft und Transaktionen ihm bescheren. Er hat Geschäfte gemacht, die er nicht mit Gegengeschäften abgesichert hat, aber noch ist der Kopf auf Facebook zu sehen, entspannt liegend auf einem Kissen.
Für 350 000 Euro Jahresgehalt jongliert Kweku A. mit Wertpapieren.
Blitzschnell summieren sie sich. Sind es Millionen? Sind es Milliarden?
Kweku A. braucht Wochen, um zu erkennen, dass eine Fehlentscheidung, die er nicht früh genug durch gegenausgleichende Fehlentscheidungen stabilisiert hat, sich so aufschaukelt, dass er auf Facebook nur noch schreiben kann: »Ich brauche ein Wunder.« Weder Herkunft noch Transaktionen können ihn retten.
Plötzlich verschwindet das Foto seines Kopfes von der Sozialplattform, als hätte er sich ruckartig aus dem Kissen aufgerichtet und sei aus dem Bild geraten.
Die Schweizer Bank UBS gibt bekannt, im Bereich Investmentbanking durch nicht autorisierte Wertpapiergeschäfte eines einzelnen Mitarbeiters 1,7 Milliarden Euro Verluste erlitten zu haben. UBS-Chef Grübel steht am Rand eines schwarzen Lochs der Peinlichkeit und versucht, nicht davon angesogen und verschluckt zu werden. Sein Jackett flattert schon. »Kunden-Einlagen sind nicht betroffen!«, ruft er noch, bevor er strauchelnd auf dem dünnen Rand des Lochs mit Gewinnzahlen jongliert.

Der Schandschädel Kweku A.s, auf einem Kissen liegend, taucht wieder im Netz auf.
Er ist unkenntlich gemacht, wie ein Foto aus dem Gerichtssaal.
Man erkennt nicht mehr, wie entspannt dieser Mann ist.

EIN KOFFER VOLLER GELD II

In völliger Stille, nur unterbrochen durch das Geräusch von Werkzeugen, arbeitet eine vierköpfige Diebesbande eine Nacht lang daran, von einer gekaperten Wohnung aus in das darunter befindliche Juweliergeschäft durchzubrechen.

Draußen, in existentialistischem Schwarz-Weiß, das schlafende Paris, fünfziger Jahre, Straßenschluchten und vereinzelte Lieferwagen; Leere, in der eine weggeworfene Zigarettenschachtel liegt.

Die Männer verständigen sich durch Blicke und Zeichen. Einer von ihnen schaut regelmäßig auf seine Uhr, vergleicht die Zeiger mit dem Terminplan dieses Einbruchs auf einem Notizblock, hebt pünktlich die Vorhänge der dafür kurz abgedunkelten Wohnung hoch, um draußen auftretende Wachleute zu beobachten, wartet, bis sie die weggeworfene Zigarettenschachtel misstrauisch aufgehoben und wieder fallen gelassen haben, bevor er den anderen signalisiert, das Licht erneut anzudrehen und die Arbeit fortzusetzen. Mit zarter Akribie meißeln Stemmeisen allmählich ein Loch in den Fußboden; pfiffig poetisch spannt sich ein umgedrehter Regenschirm darunter auf, um den herunterbröckelnden Schutt aufzufangen; nonchalant entrollt sich ein Seil voller Knoten als Angebot zum Einsteigen.

Seitwärts der Gauner sitzt geknebelt und gefesselt die geschwätzige Norm: das überrumpelte Wohnungsbesitzerehepaar, mit verbundenen Augen in zwei Sessel gedrückt und noch mit Kissen im Rücken versorgt, um es nicht ganz so schwer zu haben, wenn Durchdachtes triumphiert.

Wortlos bilden vier Männer einen präzisen Mechanismus – einen Raubmechanismus, der zwar Anstrengung kostet, doch geschmeidig all jene Klippen umschifft, die sich unter gesprochener Sprache verbergen. Als das Seil ins Juweliergeschäft entrollt ist, hangelt sich der erste der Männer herab, setzt die Alarmanlage außer Kraft und winkt seine Kameraden herunter.
Nun müssen sie nur noch den Panzerschrank auffräsen, sprich eine weitere Lücke reißen in die stabile Wirklichkeit, Schutzbefohlene aller Besitzenden. Auch das schaffen sie in geduldig gedehnter Zeit, nach manchem Blick auf die Uhr, und schließlich beugen sich vier Köpfe über eine finale Öffnung, aus der ein Sack voller Juwelen zum Vorschein kommt.

Der größte Coup des Films *Rififi* von Jules Dassin, der dieser Einbruchsszene legendäre dreißig Minuten lang Raum gibt, ist der Traum des Gelingens. Es ist die soziale Utopie, Widersprüche verstummen zu lassen, sie aufzuheben in einer traumwandlerischen Stille ohne Dialoge oder Musik, sie zu überführen in eine Vision schlackenloser, artistischer Perfektion, die sich anfühlt wie Glück.
Was in dieser Nacht passiert, kann unmöglich wahr sein.
Es zerbricht genau in dem Moment, in dem die Juwelenräuber zurück auf die frühmorgendliche Straße treten. Schon ihre Flucht ist bedrängt von anbrandenden Geräuschen, die in der nächtlichen Wohnung wie in einer wundersamen Furt ausgespart waren, doch das sind nur Vorboten.
Sobald wieder geredet wird, läuft die Sache völlig aus dem Ruder. Rififi ist ein Slangwort für Geschwätz.
Die übliche Kette aus Fehlern und Fatalitäten zerrt vier Gauner zurück in die wirkliche Welt, Schutzbefohlene aller Pessimisten, und schreiende Musik untermalt, was passiert, wenn Frauen und Kinder wieder eine Rolle spielen. Während des dreißig-

minütigen Märchens nämlich arbeitete ein mannhafter, ergo geschlechtsloser Apparat, eine Art Armee im Dienst an Werkzeugen, eine Funktionselite – aber nun, da die Beute errungen ist, kann sie nicht bewahrt werden, sondern zerbröselt unter Gier, Sexus und Gewalt.
Ist die soziale Bewältigung von Technik vielleicht utopisch? Auf jeden Fall demonstriert Dassin, wie unendlich weit die Sphären des Redens und des Funktionierens voneinander entfernt sind.

Einer der Gangster hat einen Sohn. Als Cowboy verkleidet, wird dieses Kind entführt und vertreibt sich die Zeit seiner Gefangenschaft, indem es mit einem Spielzeugrevolver auf alles schießt, was es sieht.
Wieder befreit, und zwar vom angeschossenen, letzten lebenden Mitglied der Diebesbande, und in einem Coupé unterwegs zusammen mit dem Schwerverletzten und dem Koffer voller Geld, in den sich die Juwelen mittlerweile verwandelt haben, schießt der Junge stehend und torkelnd, lachend und rufend immer noch unaufhörlich auf Bäume, Himmel und alles, was an ihm vorbeizieht. Beklemmender und beklemmender wird er zum unangenehmen, irren kleinen Dämon, der die Bemühungen der Erwachsenen karikiert, stabile Verhältnisse zu durchlöchern.
Als der Wagen am Bordstein strandet, weil sein Fahrer stirbt, heben Passanten den kleinen Dämon unbeschadet hinaus. Zurück bleibt ein Koffer voller Geld. Die herbeigerufenen Polizisten, die ihn öffnen und verwundert an den Scheinen fingern, könnten genauso gut eine leere Zigarettenschachtel vom Boden aufheben und wieder fallen lassen.

KONTROLLE UND ZUFALL sollen als Kategorienpaar taugen, um unterschiedliche Verfahren der Kunstproduktion zu erklären? Die Kuratorin Angela Lammert will dies wohl glauben. Im Sommerkleid sitzt sie dem Komponisten Enno Poppe gegenüber, der ein wild geblümtes Hemd trägt. Die beiden unterhalten sich in einer vielleicht eigens für dieses Gespräch freigeräumten Zimmerecke, werden dabei gefilmt – und enden als filmische Endlosschleife am Rand der Ausstellung »365 Tage Cage«: Ein Jahr lang wird unter wechselnden Blickwinkeln der Meister des musikalischen Aufbruchs, der große Anreger der Künste, John Cage, gewürdigt.

Lammert und Poppe sitzen am Rand und unterhalten sich eine knappe halbe Stunde lang über Kontrolle und Zufall. Sobald ich mir den Kopfhörer überstülpe, höre ich, wie geschickt Enno Poppe den angeblichen Gegensatz dieser beiden Prinzipien relativiert: »Immer, wenn ich mich auf Kontrolle verlege, kommt von der Seite her der Zufall ins Spiel – und umgekehrt.«

Auch ich glaube, dass künstlerische Entscheidungsprozesse ganz bestimmt Unbestimmtheitsrelationen unterliegen. Und selbst wenn hochdisziplinierte Hasardeure des Regelverstoßes wie John Cage mit dem Zufall operieren, gelangen sie in aller Regel nur auf neue, weniger vordergründige Ebenen der Kontrolle.

Immer deutlicher sehe ich einen Fleck auf Angela Lammerts Oberschenkel und die Blumen auf Enno Poppes Hemd. Außerdem: einen Heizkörper samt Thermostat, eine angeschnittene Treppe, zwei Steckdosen an der Wand. Die Stimmen hallen. Ge-

filmt wird eine improvisierte Situation, in der Art eines Home-Movies anspruchslos ausgeleuchtet.
Lammert zieht kurz an ihrem Kleid, um den Oberschenkel zu bedecken, Poppe fährt sich mit den Händen in die Frisur, dass die Haare stehen bleiben, sagt, Autorschaft sei übrigens keine Frage einer einmal angewendeten Methode. Nichts, was Cage gemacht habe, sei dadurch erledigt, sondern es könne jederzeit zu einer eigenen Kunstgattung weiterentwickelt werden.
Ich folge ihm noch, bis er wieder sagt: »Immer, wenn ich mich auf Kontrolle verlege, kommt von der Seite ...«, dann gehe ich nach Hause und schlage aufs Geratewohl ein Buch über den großen Anreger der Künste auf.
Cage: »Man darf kein Konzept haben. Aus diesem Grund arbeite ich mit Zufallsoperationen. Und zwar benutze ich sie weniger, um eine Entscheidung zu treffen, sondern vielmehr, um eine Vielzahl von Fragen ins Spiel zu bringen ... Es ist nicht leicht, Fragen zu stellen.«

KW 39

Vor den Vereinten Nationen hat der Palästinenser-Präsident Mahmud Abbas die Vollmitgliedschaft Palästinas beantragt, hat im diplomatischen Schachspiel einen Zug gemacht, der seine Gegner möglicherweise in Bedrängnis bringt, weil sie ihre eigenen Züge nicht weit genug im Voraus berechnet haben, vielleicht auch, weil sie dachten, das übliche Geschacher würde auch diesmal reichen.
Jetzt ist Abbas zurück in Palästina, und während er gefeiert wird, flimmert die Fata Morgana eines eigenständigen Staates über der Menge, mit Springern, Läufern, Türmen und Bauern, die so geschickt platziert sind, dass sie dem Gegner im Endspiel ein Remis anbieten können.

Der italienischen Forschungs- und Bildungsministerin Mariastella Gelmini ist zu Ohren gekommen, Elementarteilchen namens Neutrino würden womöglich schneller als das Licht zwischen dem schweizerischen Teilchenbeschleuniger CERN und einem 730 Kilometer entfernten Teile-Detektor nördlich von Rom (beides unterirdische Gralstempel) vorwärtssausen.
Gleich lobt sie die Wissenschaft und erwähnt, Italien habe den Tunnel zwischen beiden Forschungseinrichtungen mit 45 Milliarden Euro gefördert.
Betretene Stille.
Es gibt keinen Tunnel.
Neutrinos fliegen durch jeden Stein und jeden Kopf, als wären sie gar nicht vorhanden.

KW 40

Seit viereinhalb Jahren hat Ralph Steinman Krebs – wenn man den Tag, an dem der Arzt eine Diagnose stellt, als den Beginn einer Krankheit rechnet.
Steinman ist Immunologe. Er sieht das Leben unter dem Mikroskop kämpfen. Er entdeckt einen bizarr verästelten Zelltyp, der zwischen angeborener und erworbener Immunabwehr vermittelt, und nennt ihn dendritische Zelle. Steinman schlägt vor, diese Zellen »auszubilden«, indem man sie mit spezifischen Informationen über den jeweiligen Gegner belädt. Er selbst stellt seinen Körper für diese neue Therapie zur Verfügung. Da er ihn nicht unters Mikroskop legen kann, muss er abwarten.
Von keinem Licht erhellt, agieren die Tentakel der dendritischen Zellen Ralph Steinmans.
Sie schenken ihm Zeit.
Er schenkt der Menschheit ein etwas besseres Verständnis des prekären Gleichgewichts, in dem sich das Leben befindet.
Dann stirbt er.
Das Komitee, das noch nichts von seinem Tod weiß, spricht ihm wenige Tage später den Nobelpreis für Medizin zu. Entgegen den Statuten wird er ihn posthum erhalten.

BLUTLINIEN interessieren Taryn Simon. Sie ist Konzeptkünstlerin.

Ich wandere an ihren Fotosequenzen entlang, die sie als achtzehn Fälle aus sieben Milliarden möglichen ausgewählt und zu »Kapiteln« verdichtet hat.

Die Ausstellung zeigt unter anderem die Vorfahren, Nachkommen und Verwandten, also die »Blutlinien« von Hans Frank, Generalgouverneur des besetzten Polen während des Zweiten Weltkriegs; von Shivdutt Yadav, Landbesitzer im indischen Bundesstaat Uttar Pradesh; von den Gallagher-Drillingen, missgebildeten Opfern eines Schlafmittels, das ihre Mutter während der Schwangerschaft einnahm; von zwei brasilianischen Familien, die in Blutfehde leben; von drei australischen Testkaninchen-Zuchtlinien, die mit einem Virus infiziert wurden.

Die Beliebigkeit dieser Beispiele, im Begleittext zur Ausstellung als »intuitives Auswahlverfahren« verklärt, überträgt sich für mich schnell auf alle achtzehn Kapitel. Wenn hunderte von Menschen jeweils vor neutralem Hintergrund auf einem Hocker sitzen, kann man der Kette ihrer Porträts, nur verknüpft durch die jeweilige Verwandtschaftslinie, nichts entnehmen, nicht einmal die Beliebigkeit des Konstrukts Verwandtschaft, falls dies Taryn Simons Ziel gewesen sein sollte. Es ist ja ein ständiges Problem der Konzeptkunst, dass man sie ohne Erläuterungen kaum erfasst, aber bei dieser Arbeit wird besonders deutlich, wie solch ein Beiwerk das Werk überwuchert und zu etwas Belanglosem schrumpfen lässt. Angefangen damit, dass der Aufwand des Projekts (vier Jahre Reisen durch die Welt) betont wird, bis hin zu Fußnoten-Fotos, die in der Manier einer Polizeiakte ergänzende Details dokumentieren, legen sich Erklärungen über die ›Fahndungserfolge‹, reißen sie aber nicht aus der ermüdenden Ästhetik einer Ahnengalerie.

Können Genealogien – und seien sie auch aus Gründen der Brechung mit Darstellern aus der ganzen Welt bestückt – überhaupt etwas abbilden, das anzuschauen sich lohnt?

»Das Konzept ist an sich sehr einfach«, höre ich einen Ausstellungsbesucher seiner Frau erklären. Sie stehen vor der Sippschaft eines kenianischen Heilers, der neun Ehefrauen, zweiunddreißig Kinder und dreiundsechzig Enkel hat.

Verwandtschaft als kultureller Faktor, Verwandtschaft als geschichtsträchtiger Stoff verfängt sich nicht in dem Netz, das Taryn Simon geknüpft hat. Weder durch standardisierte Fotos noch durch anekdotische Erläuterungen ist er zu greifen. Man kann ihm hier tatsächlich dabei zusehen, wie er sich verflüchtigt unter einem pompös streng inszenierten Leichenbegängnis.

KW 41

Wieder ist das Foto eines an der Küste Neuseelands aufgegriffenen Pinguins in den Zeitungen zu sehen: Dieser trägt jedoch keinen Namen, sondern ist schwerölverschmiert. Vollkommen schwarz, reckt er seinen Hals aus der Hand eines Mannes in Schutzkleidung. Ein leckgeschlagenes Containerschiff droht dem Land die größte Umweltkatastrophe seiner Geschichte zu bescheren. Der Pinguin reckt seinen schwarzen, mit tödlichem Treibstoff überzogenen Hals.

Julia Timoschenko wird in der Ukraine zu sieben Jahren Haft verurteilt, weil sie während ihrer Amtszeit als Präsidentin einen Gasliefervertrag mit Russland ausgehandelt habe, der den Interessen des Staates zuwidergelaufen sei.
Wladimir Putin sagt, er verstehe dieses Urteil nicht.

Die europäischen Banken wehren sich gegen schärfere Eigenkapital-Regeln.
Josef Ackermann, Vorstandschef der Deutschen Bank: »Wir werden alles tun, um diese Zwangskapitalisierung zu vermeiden.«

Präsident Nicholas Sarkozy ist zu Besuch in einer französischen Fabrik.
Er hält ein Mikrophon in der linken Hand, während der Zeigefinger seiner Rechten zur Decke hin, in den Himmel weist, zu dem er die Augen aufschlägt während eines gerade sich formenden Wortes.

Sowohl Arbeiter unter Schutzhelmen als auch ein Mann im guten Anzug als auch die junge Frau, die ihn allesamt umstehen, blicken glasig und ernst durch ihn hindurch, an ihm vorbei oder mit schräg gelegtem Kopf auf den Boden. Kein Einziger hebt die Augen zur Decke, folgt dem Zeigefinger, der beschwörend durch die Wolken sticht.

WIND

Böen drücken Reisende über einen mäandernden Damm. Wer nur kurz seinen Reispapierhut loslässt, dem fliegt er davon. Die Luft ist schon voller fortgewehter Taschentücher, alle aus dem Ärmel einer Frau gerissen, die sich gegen den Wind dreht, als wolle sie umkehren.

In blauem Gelände wachsen schwarze Schilfstriche.

Zwei magere, geneigte Bäume geben Blätter her.

Die Reisenden umklammern, was an ihnen lose ist, brüllen ihrem Hut Verwünschungen nach, setzen Fuß vor Fuß in erzwungener Fügsamkeit. An einer Tragstange, die auf einer Schulter liegt, ziehen fliehende Stoffbeutel ihren Besitzer hinter sich her – dorthin, wo Taschentücher, Blätter und Hüte sausen.

Der Weg auf dem Damm läuft weit in die Ebene hinein, macht dabei große Bögen, setzt diejenigen, die in die Ferne wollen, ungehindert den langatmigen Launen des Windes aus, erzwingt gleichzeitig, dass diejenigen, die aus der Ferne kommen, tief nach vorn gebeugt ankämpfen müssen dagegen, zurückgeblasen zu werden.

Ein Sturm hat das ganze Blau erfasst. Wäre am Horizont nicht Beständiges angedeutet, wäre die Reise ohne Halt. Es steht etwas am Horizont: Ewig wiedererkennbar, erhebt sich die charakteristische Linie des Berges Fuji.

Sind die gezausten Gestalten auf dem Weg zu ihm oder geben sie sich mit Geschäften in der Ebene zufrieden?

Aus der fließenden, vergänglichen Welt kristallisiert sich der Fuji als Erinnerung ans Unerreichbare.

Sechsunddreißig Ansichten von ihm, mit wechselhaftem Wetter im Vordergrund, hat Katsushika Hokusai um 1831 als Holzschnitte geschaffen. Im Gegensatz zu den anderen Blättern der Serie ist der Berg hier, wo spürbar der Wind fegt, seiner Plastizität beraubt, wie leergeweht, nur noch als Chiffre, als Linie, als Idee vorhanden. Hingehaucht, umreißt ihn ein einziger Strich.
Umso plastischer, vom Lächeln des Holzschnitzers und des Betrachters begleitet, mühen sich die Verwehten auf dem Damm um ein zielgerichtetes Leben.
Sie gehen in die Hocke, ziehen Hauben und Hüte tief ins Gesicht, setzen ihre Schritte ins Blaue, hoffen, dass der Wind vielleicht nachlässt.
Vor ihnen flattern Taschentücher und segeln abgerissene Blätter.

DIE ANGST DER WOCHE will der Statistikprofessor Walter Krämer den Deutschen austreiben. Er stellt sein Buch zu diesem Thema im Rahmen eines Wissenschaftssalons vor, und obwohl die Veranstaltung öffentlich ist, wirkt der Professor mit dem leutseligen Schnäuzer und der etwas unbeholfenen Ausrufezeichen-Rhetorik wie ein Aufklärer, der Hausbesuche macht. Gewissermaßen noch auf der Fußmatte seines Publikums, verzapft er schon Vertraulichkeiten. Wir erfahren, dass er aus der Eifel stammt (in der jederzeit wieder Vulkane ausbrechen können), dass seine japanische Schwiegertochter ihn demnächst zum Opa machen wird (und ihre Eltern nach der Katastrophe von Fukushima aus Japan anriefen, um sich dafür zu entschuldigen, dass sie den Deutschen so viele Sorgen bereiten) und dass Walter Krämer schon als Kind keine Himbeeren leiden konnte (heute weiß er: Sie enthalten, wie die meisten Nahrungsmittel, von Natur aus so viele und in diesem speziellen Fall so besonders viele Gifte, dass die Aufregung um künstliche Pestizide im Vergleich dazu ein Witz ist).

Was will er verkaufen? Natürlich sein Buch, aber auch: ruhig Blut.

»Hysterie als Standortnachteil« lautet sein erstes Bonmot. BSE, Schweinegrippe, Dioxin-Skandal um Frühstückseier – all dies seien Beispiele für aufgebauschte, verzerrt dargestellte Gefahren nach dem Schema »Wir treiben einen Riesenaufwand zur Reduktion von nichts und wieder nichts«. Er projiziert einen Cartoon, in dem als ›Nebenwirkung‹ des Schweinegrippe-Medikamentes

Tamiflu die Pharmamanager von Hoffman La Roche im Geldregen stehen, und er rechnet die Landwirte, die wegen der BSE-Krise ihre Existenzgrundlage verloren und Selbstmord begangen haben, gegen die bislang gesicherten Todesfälle durch die eigentliche Krankheit auf.

Auch zur Krebs- und Gesundheitsstatistik kann er als Fachmann statistischer Methoden einige verblüffende Anmerkungen machen.

Es ist jedoch die stets vorhandene, quasi auf Abruf trippelnde Bereitschaft zu Alarmismus und Panik, wöchentlich angeheizt durch Schlagzeilen, um die es ihm geht.

Ich fühle mich durchaus ertappt, als er konstatiert: »Bei vielen Zeitgenossen hört das Denken auf, sobald sie eine chemische Bezeichnung hören.« Das heißt allerdings nicht, dass er am überzeugendsten ist, wenn sein Publikum lacht: »Hier ein echter Leserbrief an die Rheinische Post: ›Stimmt es, dass ich BSE kriegen kann, wenn ich zu lange auf meinem Rindsledersofa sitze?‹«

Selbstverständlich gibt es reale Gefahren, so Krämer, nämlich die, welche wir nicht wahrhaben wollen: Fett, Alkohol, Nikotin, und am 26. Oktober 2028 kann mit der Wahrscheinlichkeit von 1:500 (also einer großen Wahrscheinlichkeit) ein Asteroid von 1,6 Kilometern Durchmesser mit der Erde kollidieren.

Am überzeugendsten ist Krämer, wenn er Meldungen à la »Fahrradsattel macht impotent« oder »Mittagsschlaf fördert Herzinfarkt« als lächerliche Ergebnisse »schlampig ausgewerteter Statistiken« geißelt.

Eine Ahnung stellt sich ein, wie interpretationsfähig Zahlen sind und wie enorm die wissenschaftliche Anstrengung sein muss, mithilfe von Statistiken relevante Daten zu gewinnen.

Walter Krämer sieht man diese Anstrengungen nicht an, denn er will auf jeden Fall unterhalten.

In der Pause, in der die Veranstalter »Giftquiche an Sprossen«

servieren, beobachte ich eine streng kurzhaarige Frau, die ihre Sprossen, seit der Ehec-Krise dieses Jahres als Gefahrenquelle bezichtigt, noch nicht einmal mit der Gabel berührt, um sie beiseitezuschieben.

KW 42

In einem wirren Handgemenge in der Wüste rematerialisiert sich der lange gesuchte libysche Diktator Muammar al-Gaddafi und sackt blutend zusammen. Kurz darauf ist er tot.

Handy-Filmchen zeigen die verwischten Kämpfer, die alle durcheinanderschreien, nicht wissen, was sie tun sollen, vermutlich gleichzeitig triumphieren und Angst haben, eine zerfledderte Puppe umherstoßen, die einmal ein furchtbarer Machthaber war, danach suchen, wie dieser Wiedergänger enden soll.

Er endet erschossen.

Nun kursieren seine letzten Minuten, aufgezeichnet mit erbärmlich schwankender Qualität, verstellt von Menschenrücken, die sich um den Opferplatz scharen, an dem Muammar al-Gaddafi wieder zu einem Sterblichen wird.

In einem Kühlhaus für Hühnerfleisch liegt er anschließend aus zur Besichtigung.

FRIST

Die lebende Rache geht vorsichtig, damit sie mit niemandem zusammenstößt. Links und rechts von ihr sind Hauswände, Schriften, Lampen, die an Drähten baumeln. Hupen und Schreie. Menschen überholen und Menschen kommen entgegen. In allen Läden bewegt sich Kundschaft.
Die lebende Rache wird mitgeschoben, spürt kaum ihre Beine, sieht ganz von Nahem Gesichter voller falscher Ziele und lachende Gesichter das Rechte verhöhnen. Lampen baumeln an Drähten. Schriften ziehen sich die Hauswände entlang. Männer und Frauen hasten vorwärts, getrieben, getrieben. Schmutz und Bedrängnis, aber der Tag des Zorns ist da. Zeit ist eine Frist. Aufgehoben wird von ihr, was falsch ist, auch Schriften, die auf Wänden tänzeln, die sich überschlagen, besoffen vor Angst.
Schritt für Schritt naht die lebende Rache. Sie geht dorthin, wohin alle gehen. Sie lässt sich mitnehmen, als ginge es bergab, als flösse ein trüber Strom in eine Vertiefung, in einen Kessel, in dem er sich sammelt. Ihr Weg führt auf einen Platz. Hier wird sie angerempelt, denn das Gedränge ist unermesslich. Sie zuckt zur Seite. Fischaugen stieren sie an mit einem einzigen letzten Blick. Zeit ist Frist. Gallertkugeln und Pupillen sinken nach innen. Milchiger Nebel breitet sich in ihnen aus, obwohl unermüdlich Wasser über sie gegossen wird. Krebse versuchen zu winken. Blutige Läufe hängen an Haken. Zusammengebundene Hühner schlagen kopfüber mit gestutzten Flügeln. Auf dem Boden liegt zertretenes Obst.
Fettige Dämpfe wabern, und Hunde schnüffeln zwischen Fü-

ßen und Waren, schnappen nach Hingeworfenem, stecken ihre Schnauzen in jeden Abfall, bevor sie weiterschnüren, gebogen vor Gier, die Rute fest eingekniffen, um überall durchzukommen. Abgerissene Lämmerohren und -schwänze versperren der lebenden Rache den Weg, so dass sie in engste Tuchfühlung mit anderen Leibern gerät, als sie ausweichen muss, was ihren Puls hochtreibt und ihre Augen weitet, ohne dass sie mehr sieht. Sie keucht im Gewühl. Neben ihr, vor ihr, hinter ihr viel zu viele im Irrtum, zu glauben, ihre Gier hülfe ihnen durchzukommen. Bis zum Hals stecken sie im Abfall, beugen regelmäßig ihre verrotteten Köpfe nach unten, um entzückt an ihm zu schnüffeln und aufzulachen. Die lebende Rache hat einen kurzen Schwächeanfall. Sie muss sich auf einen Stapel Obstkisten setzen. Sie hört Weinen. Das nasse Gesicht eines kleinen Jungen ist auf gleicher Höhe mit ihr. Er schreit vor Unglück, japst krebsrot danach, sich Gehör zu verschaffen, ballt seine Fäuste zusammen, wird interessiert von vorbeischnürenden Hunden beleckt, brüllt daraufhin noch lauter, sich beinahe verschluckend am eigenen Geheul. Über ihm summt, murmelt und ruft die Menge, beschäftigt damit, einen einzigen großen Körper zu bilden. Es riecht nach reifem Obst und gebratenem Fleisch, nach aufgeblühten Blumen und Gewürzen, die auf Käufer warten. Stoffe wandeln durch sämtliche Farben, auch durch die, für die es gar keine Namen, sondern nur Empfindungen gibt.

Samtblau spannt sich der Himmel über dem Platz.

Der kleine Junge hat aufgehört zu weinen und gibt dem Wesen, das vor ihm auf Obstkisten hockt, die Hand.

Bis zum Hals eingepackt in einen Bombengürtel zieht die lebende Rache den Zünder.

Es zerreißt das Gewebe; der Platz verblutet; unermesslich brutale Luft schleudert Reste von Körpern aus einem Krater.

Um ist die Frist.

EXOPLANET TROFS 51B

Das All, auseinanderstiebend, zerrt diesen Klumpen immer weiter mit sich fort, aber er kreist dabei in unverändertem Abstand um seinen Mutterstern TROFS 51, einen Roten Zwerg, der ihm langmütig fahles Licht spendet. Schwärzer als Kohle ist TROFS 51b, schwärzer als Kohle, scherenschnittschwarz auf dem Grund dunkler Materie. Er schluckt Ausblicke. Er liegt in schlimmem Schlaf.

Geht ihm seine Sonne auf, glimmt sie über einer Fläche, auf der Punkte in Äquidistanz zueinander erstarrt sind: Schrunden, Platten, Klüfte. Hier formen keine tektonischen Grimassen Neuigkeiten, hier liegt ein für alle Mal fest, dass der Gesteinsort TROFS 51b unmerklich altert. Auch mit einer Eismaske hält er sich nicht auf. Bemäntelung ist nirgends. Keine Fahnen, keine Laren, keine Werkzeugtasche.

Der Orbit dieses Planeten verläuft außerhalb der bewohnbaren Zone.

Und doch!

Und doch könnte es einst etwas gegeben haben, was nicht nichts war. Eine einzige Lücke in den Äquidistanzen würde ausreichen, um den Verdacht zu nähren, es habe einst vielleicht ein flacher Ozean aus Methan die Panzerplatten bedeckt und in ihm hätten Quappen im Übersprung ihre Entwicklungsstadien vorangetrieben, bis sie sich wie Petticoats mit Käseärmchen aus dem Methan aufgerichtet und mittels schroffem, genialem Hausierertum höhere Stufen der Selbstorganisation erreicht hätten. Vielleicht sind ihnen sogar Wörter über die Hände gekrochen, vorsichtig

ihre fremden Hakenfüße aufsetzend. Vielleicht gab es Sänger. Vielleicht Geisterparker. Dann kamen Mantik, Macht und Mathematik. Dann wurde der Platz knapp.
Die Ausblicke schwärzten sich ein, auch wenn der Mutterstern weiterhin aufging, weiterhin Rotlicht schickte, das über Schrunden streichelte. Liebe? Eine Dunkelhaft.
Wie mit Kohle gemalte Scherenschnitte wankten und fielen in schlimmen Schlaf.
Was soll man vermuten?
So oder so ähnlich könnte es gewesen sein, es ist aber nicht sicher, ob TROFS 51b die Blind Carbon Copy irgendeines anderen Planeten ist.
Währenddessen verbrennt der Stern TROFS 51 Wasserstoff zu Helium, schmaucht vor sich hin in gütigem Belieben, bis sein Kern aufgebraucht ist, macht einstweilen noch eine Rille ins Raumgitter, in welcher der unbewohnbare Ort um ihn kreist, auf dem alles in gleicher Distanz voneinander erstarrte.
Das All zerrt diese beiden Klumpen mit sich fort.

KLEIN MIT HUT

Durch die Panzertür in die Höhle gelangt + stop +

Älteste Botschaften der Menschheit, mit Kohle gemalt. Manche von ihnen waren zwanzigtausend Jahre lang versiegelt, manche sind wahrscheinlich noch unentdeckt. Die Entdeckten werden mittlerweile vor menschlichem Atem geschützt. Sie dürfen nur von wenigen gesehen werden, in deren Stirnlampenschein sie als lautlose Stampeden über Wände jagen.

Stalagmiten, Stalagtiten, Sintervorhänge mit Faltenwurf + stop +

Die Zeit im Erdinneren arbeitet tröpfelnd an Skulpturen. Nebenbei konserviert sie Fresken, bewahrt sie auf in trockenem Stillschweigen. Homo sapiens hat sich etwas ausgemalt vor dreißigtausend Jahren, nun kommen wieder welche der Seinen vorbei und versuchen es zu enträtseln. Angesichts von Wildpferden, Wisenten und Mammuts in vollkommen unerleuchteten Ecken, angesichts ihrer Umrisslinien und Schattierungen voller mitwisserischer Energie, gehen die Neu-Entdecker auf Strümpfen. Sie wagen kaum zu atmen, deuten nur immer auf Details, die aus dem Malgrund heraus zu fliehen scheinen. Kohle, Ocker, Kratzspuren.

Ein Bestiarium unter Tage + stop + Werner Herzog kommt um die Ecke + stop +

Vor Löwen und Nashörnern, vor extrem plastischen Wänden steht der Abenteurer Herzog, auf dem Kopf eine Hartschale mit Lampe. Bleich ist er, weißbäckig ist er, vor lebendigen Mauern aufgestellt wie ein in die Zweidimensionalität geplättetes Männlein der Art Brut, das seinen Mund öffnet, um zu sprechen. Größer als er sind die felsigen Leinwände in seinem Rücken. Sie krümmen sich über ihm, schließen ihn ein zwischen Nashörnern und Löwen.

Vielleicht jagen diese Tiere nicht nach Bedeutung. Vielleicht sind sie einfach nur da. Werner Herzog macht hier einen Film in 3-D. Gemäß den Regeln der Art Brut verstößt er gegen viele Konventionen, endet in den heißen Abwasserkatakomben eines nahegelegenen Kernkraftwerks, in denen sich weiße Krokodile tummeln, doch diese Raumkrümmungen kann noch keiner ahnen, der Herzog in der Grotte Chauvet zwischen Kohle und Kratzspuren stehen sieht.

Filmcrew im Monteursanzug + stop + Bärenschädel + stop + versteinerte Fußabdrücke + stop +

Niemand darf dort unten irgendetwas berühren. Botschaften liegen so dicht übereinander, dass man nur Telegramme mit nach oben bringt.

Nur Stichworte, nur Beschreibungen, und keiner kennt den Sinn.

Es tröpfelt weiter dort unten. Die Zeit muss Skulpturen machen.

Durch die Panzertür zurück nach draußen + stop +

KW 43

Auf Bangkok kommt ein Hochwasser zu, wird im Norden vor der Stadt abgefangen und in den Westen und Osten abgeleitet, um die Innenstadt mit Hotels, Firmensitzen und Ausländern zu verschonen – während Industriegebiete, Farmen und arme Wohngegenden in den Fluten versinken. Tägliche thailändische Wasserstandsmeldungen schaukeln sich immer höher, und keiner weiß, wann der Scheitelpunkt erreicht ist. Wütende Anwohner, bewusst zur Geisel einer Überschwemmung gemacht, die sich sonst vielleicht andere Wege gesucht hätte, reißen einen Schutzwall ein.
Trotzdem bleibt Bangkoks Zentrum trocken.

Die evangelische Kirche prüft ein erweitertes Disziplinarverfahren gegen den geschäftstüchtigen Pfarrer im Ruhestand, Jürgen Fliege, besser bekannt als »TV-Seelsorger Fliege«.
Bis vor kurzem vertrieb er über seine Homepage eine Kräuterwasser-Mixtur, von ihm geweiht, als »Fliege-Essenz«, zu bestellen für 39,90 Euro plus 5,95 Euro Versandkosten. Sprühstöße dieses Wassers in den offenen Mund sollen helfen, Unbill abzuhalten und die Seele zu erfrischen.
Es ist nicht bekannt, wie viele Sprühstöße sich Jürgen Fliege derzeit täglich selbst verabreicht, um heil aus seinen Schwierigkeiten zu kommen.

DIE GESCHICHTE ÜBER DEN RAND HINAUS SCHREIBEN will Volker Braun in seinem Roman *Die hellen Haufen*, aber sagen kann er das erst, nachdem er endlich daraus gelesen hat im Anschluss an zwei (!) zu lange Einführungen. Nicht auszurottende Unsitte! Je honoriger der Schriftsteller, desto dicker die Tüllgardinen, durch die wir die Umrisse seines Werks erahnen dürfen, bevor er endlich liest. Nur dem robusten Mutterwitz Volker Brauns ist es zu verdanken, dass ich noch rechtzeitig aufwache. »Jetzt könnten wir ja Schluss machen«, sagt er zur Begrüßung.

Dann schreibt er die Geschichte über ihren Rand hinaus, indem er fabuliert, der Osten Deutschlands hätte sich nach der Wende nicht von der Treuhand abwickeln lassen, sondern wäre, zu Haufen zusammengerottet, in eine Art Bauernkrieg gezogen.

Der Ton, in dem er das vorträgt, erinnert mich sofort an eine Schallplatte, die ich in den siebziger Jahren besessen habe. Auf ihr waren die DDR-Dissidenten Pannach, Fuchs und Kunert versammelt und sangen: »Für uns, die wir noch hoffen / auf eine bessere Zeit«. So singt auch Volker Braun immer noch, allerdings im Stimmbruch aktueller Sarkasmen. Sein Gestus ist der eines Aufrechten, und wie bei vielen von denen, die schon lange aufrecht sind, hat er etwas Historisches.

Verdoppelt wird solche Historizität durch die notorische Folie, vor der dieser Roman spielt: der Lehrstoff der Bauernkriege. Es ist ein bisschen wie im 360°-Bauernkriegspanorama von Werner Tübke in Bad Frankenhausen: Auch dort will ein Historienbild vor allem eins, nämlich die Gegenwart erreichen, auch dort gerät die Geschichte über ihren Bild-Rand hinaus, schließt den Betrachter sogar vollständig ein – und doch steht er nur in einem ausgemalten Panorama.

Dass in Ostdeutschland nach der Wiedervereinigung kein Aufstand stattgefunden hat, macht Brauns Denkstück nicht unplausibel. Schlimm sind aber die unzähligen Kalauer, die er sich leistet, wie zum Beispiel der, dass die Vordenker nicht zum Zuge kamen, weil sie nachdachten.

Nach der Lesung gibt es noch ein Gespräch. Braun lässt die Sache mit den Aufständischen böse enden, macht sie zu Bauernopfern, und wird mehrfach vom leicht enttäuschten Kritiker (West) befragt, warum er die hellen Haufen nicht zu einem Sieg geführt habe. Durchtrieben antwortet er: »Das wäre ja unrealistisch gewesen.«

Es geht also in diesem trotzigen Spiel der Alternativen nicht um einen Traum, sondern um das, was potentiell greifbar hinter den Rändern des Faktischen liegt.

Volker Braun: »Die Geschichte? Ein dickes Ding, von dem sich nur wenig realisiert.«

KW 44

Anselm Kiefer, Großkünstler, sucht eine Schatulle für seine rauen Mythomanien. Und wie er so durchs Land streift, fällt sein Blick auf die Kathedralen der Neuzeit, die Kernkraftwerke, von denen viele demnächst abgewickelt werden, leider aber noch nicht zum Verkauf stehen. Anders in Mülheim-Kärlich bei Koblenz. Da dieser Meiler schon in den achtziger Jahren stillgelegt wurde, ist er bald restlos demontiert, doch bislang beeindrucken seine Kühltürme noch und verzwergen Anselm Kiefer, der vor einem von ihnen steht, den Nacken weit überstreckt und nach hinten gebogen. »Ein Titanium«, murmelt er. Hunderteinundsechzig Meter hohe, hauchdünne Spannbetonwände umschließen die Luft mit zarter Taille. Kiefer atmet seufzend ein und aus, ruft die Rheinisch-Westfälischen Elektrizitätswerke an, lässt sich mit ganz oben verbinden.

RWE-Chef Jürgen Großmann, der Riese, der einen halben Kühlturm ausfüllt, ohne sich aufzublasen, trifft Anselm Kiefer im AKW Mülheim-Karlich. Vermutlich platzt er vor Stolz über die Aufwertung des Ingenieurwerks durch die Kunst, schachert aber nichtsdestotrotz mit Kiefer, der einen Kühlturm kaufen will, um den Preis. Ob er wüsste, wie viele Wind-, Sog-, Zug- und Druckexperimente und -berechnungen nötig waren, um solch ein vollendetes Funktionsmonument samt wolkenförmiger Aura zu schaffen, könnte er Kiefer fragen. Die beiden stehen im Inneren des Turms, in einem atemberaubenden Hohlraum der Energieerzeugung, und schweigen ergriffen.

Nicht erreicht sie dort die Meldung, dass im Reaktorblock 2

des havarierten japanischen Kernkraftwerks Fukushima wieder Kernspaltung eingesetzt hat.
Hier drin überlebt nichts Aktuelles. Zwei Titanen stehen inmitten eines Vakuums.
Der eine seufzt. Der andere lächelt.
Im Kühlturm ist man sich handelseinig: Kiefer schafft auf einer Sackkarre das Geld heran, Großmann packt jovial nach einem Batzen, um dem Künstler noch einen Schluck Champagner zu spendieren und anzustoßen auf das Geschäft.
(Alle Angaben wie immer ohne Gewähr)
PS: Die grüne stellvertretende Ministerpräsidentin und Wirtschaftsministerin des Landes Rheinland-Pfalz, Eveline Lemke, sagt: »Es gibt einen festen Fahrplan zum Abbau dieses AKW, und es ist mein Auftrag, dafür zu sorgen, dass es auch ordentlich abgebaut wird. Es darf da nicht mehr zu sehen sein, es muss richtig von der Bildfläche verschwinden.«

DIE WESTE DES MONSIEUR LEDOUX

Kurz vor der Revolution glaubt der Architekt Ledoux, das Mittel gefunden zu haben, wie man jeden Menschen an seinem Platz glücklich macht. Das Ancien Régime hat ihn nicht nur Pavillons, Paläste, Zollhäuser und ein Gefängnis bauen lassen, sondern auch damit beauftragt, eine königliche Saline passend in die Landschaft des Waldes von Chaux einzufügen. Was Claude-Nicolas Ledoux als passend empfindet, sind Stein gewordene Utopien. Das 18. Jahrhundert, immerhin Ursprung seiner Utopien, schüttelt verständnislos den Kopf über sie, doch in der Nähe des Waldes von Chaux darf er einen Entwurf gestalten.

Sein Plan umfasst einen gewaltigen Halbkreis, auf dessen Grundlinie und Peripherie sich zehn Hauptgebäude samt Nebengebäuden und Ställen reihen. Dann werden sie gebaut. Zyklopisch vor- und zurückspringende Fassaden, blendend salzweiß im Licht, umschließen eine große leere Fläche von zweihundertfünfundzwanzig Metern Durchmesser, auf der die Sonne eine Wiese brät. Der Effekt ist enorm. Dieses Baukörpertheater, höchst artistisch in die Landschaft gesetzt, vereint die praktischen Anforderungen einer Manufaktur mit dem Ideal des Ausdrucks. Einerseits wird in den einzelnen Pavillons der wichtige Rohstoff Salz gewonnen und verpackt, andererseits stellt das bühnenbildhafte Ensemble die erste Hälfte einer idealen Stadt dar.

Betritt man die königliche Saline durch ihr Torhaus, gelangt man vom Portikus in eine künstliche Grotte, die den Besucher durch den Geburtskanal eines Tunnels in den weiten Halbkreis entlässt – und genau gegenüber erhebt sich das Haus des Direk-

tors, Repräsentationsbau der Anlage. Seine tempelhafte Vorhalle wird gestützt von Säulen, die sich durch eine wechselnde Abfolge von Quader und Zylinder zusammensetzen. Sie erzeugen jenen für Ledoux charakteristischen, zugleich archaisierenden und zeitlosen Eindruck, seine Baukunst spiele auf ein Vorbild an, welches sie mit einem vergesslichen, grob taktil ausgeführten Fingerzeig in raffiniert Eigenes verwandelt.
Claude-Nicolas Ledoux ist seiner Epoche verhaftet, doch seine Architektur weist weit über sie hinaus, denn er begnügt sich nicht mit antikisierenden Imitationen. Seiner Epoche verhaftet bleibt er dennoch, indem er daran glaubt, Bauten könnten Menschen bessern.
»La ville de Chaux« heißt seine Aufsicht aus der Vogelperspektive, in der die bereits gebaute Saline ergänzt wird durch die projektierte zweite Hälfte eines vollkommenen Kreises und strahlenförmig von ihm ausgehende Gebäude, somit die Sonne einer idealen Stadt bildend. Dort ist das Haus des Direktors exakt im Zentrum gelegen, und seine vom König übertragene Macht strahlt aus wie der Kernbrennstoff eines Gestirns.
Die Arbeiter, die neben und in den Salinengebäuden wohnen, haben Kleingärten hinter ihren Unterkünften, um sich selbst zu versorgen und nicht auf dumme Gedanken zu kommen; das Verwaltungs- und Aufsichtspersonal überblickt alles, und außen angelagert an diesen Kern sind die Phantasmagorien eines »Hauses der Erziehung«, »Tempels der Erinnerung«, »Hauses des Friedens« und »Hauses der vollendeten Tugend«. Ihre Formensprache variiert das räumliche Alphabet von Würfel, Säule, Rampe, Säule und Bogen, pur und schmucklos, immer wieder neu, in nie gesehenen Kombinationen, schafft Gebilde, deren Volumina innerlich wie äußerlich auf die Sitten einwirken sollen. Dass nichts davon realisiert wird, verwundert nicht, aber die dramatische Delikatesse, mit der Ledoux, der auch gelern-

ter Kupferstecher ist, seine Visionen graphisch inszeniert, ist hinreißend. Noch weiter wagt er sich vor, als er das »Haus der Flurwächter« in der Umgebung von Chaux als an der Basis abgeflachte Kugel in einer rechteckig ausgeschachteten Senke landen lässt. Treppen kommen wie Ausstiege eines Raumschiffs aus vier Öffnungen, symbolisieren die Rundum-Wachsamkeit der Bewohner.

Den Schleusenwärter des Flusses Loue hingegen verortet Ledoux in einem aufgebockten, Gebäude gewordenen Stück Rohr, durch das die Wasser rauschend hindurchfließen.

Krönung seines Weltbilds ist der Entwurf für den Friedhof von Chaux. Im aufgelassenen Steinbruch, dem das Material für die Utopie, jeden Menschen an seinem Platz glücklich zu machen, entnommen worden ist, schwebt, zur Hälfte eingegraben, zur Hälfte sichtbar, eine grandiose, ausgehöhlte Kugel, im Inneren von einem einzigen Scheitelpunktloch erhellt. Gehalten wird sie von drei Stockwerken Katakomben, in denen die Toten ruhen.

So, wie in diesem Bild nur die Hälfte der Sphäre oberirdisch sichtbar ist, wird nur ein Bruchteil der Ideen von Claude-Nicolas Ledoux jemals zu Stein, aber wie bei einem Eisberg geht die eigentliche Wirkung von dem unter Wasser bleibenden Teil aus.

Heute sind sowohl seine Gravuren als auch schneeweiße Modelle, die nach seinen Plänen angefertigt wurden, in der Saline Royale ausgestellt. Sie bilden ein erstaunliches Gedankensystem des nie Gebauten oder schon wieder Zerstörten, des Ideellen und Faktischen, die sich bei Ledoux auf unverwechselbare Weise bedingen. Sein räumliches Repertoire besteht aus Verkörperungen im tiefen Sinne des Wortes. Und weil in diesem Museum er und seine Ideen physisch anwesend zu sein scheinen, vertritt ihn eine weiße, mit Seidenblumen bestickte Weste in einer der Vitrinen. Er hat sie getragen, beweist ein erhaltenes Porträt von ihm, auf dem er zuversichtlich vorausblickt. Während er sich abstützt auf einem der gewagt utopischen Pläne, wölbt sein Bäuchlein die faktische Weste, die so üppig dekoriert ist wie kein einziger seiner Architekturentwürfe: Eine Blumenwiese umspannt den kühnen Mann. Liebenswert elegant und konventionell umrankt ihn seine Epoche.

Claude-Nicolas Ledoux' Karriere bricht mit der Französischen Revolution schlagartig ab. Seine Blütenträume zerstieben.

Die Revolutionäre betrachten ihn als Günstling des alten Systems und als Architekt der verhassten Zollhäuser rings um Paris – dabei hat Ledoux auch beim Auftrag für die Zollhäuser, die sich wie Perlen Station für Station entlang der lückenlosen Stadtmauer reihen, nur an den Kreis seines Könnens gedacht. Auch dort dekliniert er noch einmal sein Potential durch, aus bekannten Grundkörpern neue Ausdrucksgestalten zu gewinnen, und obwohl der erzieherische Einfluss auf das Volk eher gering ist, kann man diese Serie doch zumindest als ein Musterbuch für Architekten sehen, das ihnen ans Herz legt, jeweils eine überraschende, individuelle Lösung zu finden, um ein Bauwerk glücklich am gegebenen Ort zu platzieren.

Insofern greifen die Anwürfe der Revolutionäre zu kurz: Claude-Nicolas Ledoux hat zwar Häuser für Mächtige, aber immer mehr als Herrschaftsarchitektur gebaut. In diesem Punkt hat er eine weiße Weste.

MEINE FILME KÖNNTEN EINE MILLION ERREICHEN, sagt Jochen Kuhn, Maler und Kurzfilmemacher, und meint mit der Million die Zuschauerzahl, die er vor sich sieht, falls die Barrieren des Kommerzes nicht mehr dort stünden, wo sie stehen. Seine Filme, er nennt sie »Malerreisen«, sind Metamorphosen ständig neu übermalter und dabei gefilmter Leinwände und erzählen traumlogische, lakonische Verschiebungen auf dem Rechenbrett des Alltäglichen. Die Zeit vergeht in ihnen in Sprüngen, tritt jedoch dazwischen als noch nicht ausgemalte Kontur auf. In diesem Moment ist kurz alles möglich, öffnen sich die ›gemachten‹ Bilder: Ein ästhetischer Zwischenraum entsteht. In ihm spazieren die Protagonisten schwerelos, hebt einer sogar ab und führt Flugkunststückchen vor einem greisen, tief unter ihm im Bett liegenden Papst vor, grundiert von der trockenen, über nichts erstaunten Stimme Jochen Kuhns, die seine Hand dabei begleitet, wie sie Standbild um Standbild ihren malerischen Erzählfluss voranbringt.

Eigenwillig ist der Reiz der Kuhn'schen Methode, und gelassen trägt sie das als ihr Handicap auf dem Weg zu den Millionen. Kurzfilme entsprechen ohnehin weder gängigen Programmschemen noch Auswertungsinteressen, doch Kuhn leistet sich zusätzlich, seine Arbeiten nicht im gängigen Sinn zu animieren, sondern sie immer wieder anzuhalten zur genaueren Betrachtung. Wenn er in *Robert Langner Biografie* (1988) den fiktiven Lebenslauf eines Nebenrollendarstellers bebildert, tut er es fotoalbenhaft hintersinnig, schildert die Stationen kleiner Chancen,

gewöhnlicher Widerstände und vermasselten Glücks wie eine einmalige Sache, die nicht wahrhaben will, wie prototypisch sie ist.
Im Alter führt Robert Langner, der schon lange nicht mehr als Schauspieler gearbeitet hat, nur für sich allein Stücke samt selbst gebasteltem Bühnenbild auf, und als er stirbt, laufen vor ihm die Schnappschüsse seiner Biographie rückwärts ab, bis er wieder als Kind in der Wanne sitzt und großäugig aufs Kommende wartet. Die untergeschobene Lebensweisheit dieses Helden: »Wir spielen alle keine Rolle. Aber das mit Nachdruck.«

Statt eine Million zu sein, sitzen wir ungefähr zu fünfzig verstreut im Kunstkino, sehen im Beisein Jochen Kuhns einen Querschnitt seiner Filme, und ein paar wenige haben sich entschlossen, nach jedem einzelnen Kurzfilm zu klatschen, was die Lage so verpatzt wie Beifall zwischen den Sätzen einer Sinfonie. Dieses schüttere Händerühren, eigentlich als Anerkennung gedacht, schmälert die Resonanz auf ein apartes, selbstironisches Nebenrollenwerk nur noch mehr.

KW 45

Narrenmagie: das Jahrhundertereignis des Datums 11. 11. 11.

Die Ratingagentur Standard & Poor's erkennt Frankreich versehentlich für zwei Stunden die Bonitäts-Bestnote AAA ab und löst dadurch Börsenspasmen aus.

Nach fast zwei Jahrzehnten an Deck verlässt Silvio Berlusconi im Schuldenkrisensturm mit wächsernem Grinsen das stark schlingernde Kreuzfahrtschiff Italien.

Auf deutschen Landstraßen sollen die Fahrbahnmarkierungen demnächst durch mehr Rüttelstreifen ersetzt werden.

KW 46

In einem Parkorbit kreist ein mit Goldfolie verkleidetes Gestell um die Erde: Phobos-Grunt, in Russland gestartete Sonde, die den Marsmond Phobos anfliegen sollte.
Sie hob ab und wurde unerreichbar.
Kein Kontakt ist mehr möglich zu ihr, also bleibt sie im falschen Umlauf, ohne sich in den Marsorbit katapultieren zu können. Dreizehn Tonnen Material ziehen über den Himmel, bis sie abstürzen, und am Boden stützen niedergeschlagene russische Wissenschaftler den Kopf auf die Fäuste.
Verloren ist ein mit Goldfolie verkleidetes Projekt. Verloren ist ein teurer Hamsterkäfig auf Stelzen. Viele Jahre Arbeit werden verglühen.
Das lässt Phobos kalt.
Krüppeliger Sohn aus Fels, hält sich Phobos, die Furcht, dicht neben seinem kriegerischen, pensionierten Vater, bleibt unerforscht, muss keine zweihundert Gramm Boden hergeben.

Der Havarist Dominique Strauss-Kahn, ohnehin trudelnd, gerät in immer tieferen Fall. Während seine Moral einen sich einschwärzenden Schweif hat, man schon sieht, dass der Absturz unaufhaltsam ist, kann man Charisma beim Zerstieben beobachten: Es zerspringt, weil es so viele Risse hat, dass es nicht auf dem Boden aufschlagen muss, sondern schon durch den Luftzug beim Fallen zerbröselt.
Vor einem halben Jahr noch Präsidentschaftskandidat der französischen Sozialisten, ähnelt dieser Mann mittlerweile einem

sexsüchtigen Teppichhändler, den ein fliegender Vorleger abgeworfen hat.
DSK hat sich einen Vollbart wachsen lassen, kann sich aber nicht dahinter verstecken.
Neueste Nachricht: Er soll verwickelt sein in die Geschäfte eines Zuhälterrings.
Noch gibt es Fotos, auf denen seine Frau im Hintergrund lächelnd steht, mit lustig einwärts verdrehten Schuhen, quasi mit schielenden Füßen.

IM_MASCHINENRAUM_DER_SEXUALITÄT.COM

Willkommen bei Uniporn!
Täglich registrieren wir zehntausende Zugriffe von Einhörnern. Da ihr längst keine Schoßschmeichler verschämter Jungfrauen mehr seid, sondern hochmotivierte Heimwerker, wollt ihr genau wissen, was untenrum passiert, wenn man das und das Werkzeug einsetzt, und eure Erfahrungen mit anderen Usern teilen.
Darum unsere Plattform!
Hier seht ihr technische Details, die anderswo im Dunklen liegen.
Wusstet ihr, dass es schon bei Leonardo da Vinci Konstruktionszeichnungen gibt für den Motor, dessen Arbeit euch interessiert? Schon damals klar zu erkennen: die Pleuelstange, die den Kolben im Zylinder auf und ab bewegt, aber da Vinci konnte sie eben noch nicht in Aktion zeigen, im Gegensatz zu euren Überwachungskameras, die Knowhow für die ganze Community bereitstellen. Den meisten von euch ist das klar, aber wir sagen es nochmal: A und O ist, den Arbeitsplatz effizient auszuleuchten. Schließlich will man sehen, was man tut. Kein Chirurg oder Monteur würde bei gedimmtem Gefunzel zum Dienst antreten, und ihr, die ihr die wichtigste Kurbelwelle überhaupt dreht, solltet es nicht anders halten. Außerdem: Weg mit Haaren und Streichelfell! In einem Maschinenraum kann es nicht sauber und blank genug sein. Basteleien im Schummrigen, im Gestrüpp: typische Anfängerfehler.
Manche denken, Einhörner seien Fabelwesen. In Wahrheit sind sie Leistungserbringer!

Legt also ein Handtuch bereit, falls Schwitzwasser austritt, und treibt dann den Motor auf Touren. Nach einer kurzen Aufwärmphase sollte er rund laufen. Ist der Zylinder genügend geschmiert und die Mechanik der Pleuelstange in Ordnung, kann ein neueres Modell fast zum Perpetuum mobile werden. Doch bleiben wir realistisch: Reibungsverluste gibt es immer. Solange ihr Klatschen und Schmatzen hört, ist das allerdings ein gutes Zeichen, nämlich dafür, dass es sicher noch eine Weile weitergeht. Versucht, das Äußerste rauszuholen, ohne einen Kolbenfresser zu produzieren.
Die Community bewertet dann, wie es bei euch läuft. Ehrgeiz ist okay, aber Überwachung ist besser, denn welcher Heimwerker ist schon perfekt?
Denkt dran: Uniporn bündelt die Erfahrung von Hunderttausenden!
Hier kommt keiner direkt ans Ziel. Wir helfen uns gegenseitig.

WIMPERNBLECH, HODENSACK UND BRUCHSTÜCKE lautet die Beschriftung an einer Vitrine, in der Relikte von Bronzeskulpturen aus der antiken Stadt Pergamon ausgestellt werden. Die »Bruchstücke« sind metallene Gewandfalten, starr gewellt ausgelegt neben anderem Verstreuten wie einzelnen Fingern oder Kränzen aus Wimpern. Zwar wurde so manches ausgegraben, was Rekonstruktionen des vergangenen Lebens erlaubt, aber die Lücken, nicht nur die in den Köpfen der Skulpturen, bleiben groß.

Dessen ungeachtet, hat der Panoramakünstler Yadegar Asisi eine Rundum-Illusion von fünfundzwanzig Metern Höhe und hundertdreiundzwanzig Metern Länge geschaffen, die den Betrachter zurückversetzen soll in einen Frühlingstag in Pergamon im Jahre 129 n. Chr. Mit vielen anderen steige ich im Inneren einer Rotunde in einem Schacht Stahltreppen empor, um auf fünfzehn Metern Höhe die Aussichtsplattform zu erreichen. Von oben kommt Flöten, Zupfen und Zirpen herab, also eine Kirmesmusik fürs Gemüt auf seinem Fahrgeschäft in die Vergangenheit – später wird mir klar, dass sie auch nötig ist, um die stählern hallenden Tritte des auf- und absteigenden Publikums zu übertönen.

Und dann stehe ich auf dem Burgberg von Pergamon.

Die Sonne scheint, die Tempel prangen, im Theater sitzen Zuschauer, Azaleen und Frühlingsblumen blühen, Menschen bevölkern Wege und Plätze, im Tal schlängelt sich türkis ein Fluss, die Treppen des Altars sind blütenbestreut, und sein berühmter Fries, der den Sieg der Götter über die Giganten feiert, ist so bunt, wie die gegenwärtige wissenschaftliche Erkenntnis es nahelegt. Unermüdlich malt Flöten- und Zupfmusik, in die periodisch Stimmen einer Menschenmenge eingebettet sind, mit am Bild, und obwohl die Illusion alles andere als perfekt ist, hat man sich bald in den Fotorealismus eingesehen, akzeptiert den Code und beginnt gutmütig zu ergänzen, was der Illusion zur Perfektion fehlt.

Da dämmert es. Durch einen technischen Sonnenuntergang, abrupt wie in Spielzeugeisenbahnlandschaften, die auch so beliebt sind, dass sich lange Schlangen vor den Kassen bilden, geht der kurze Tag über in eine Nacht im Jahre 129 n. Chr.

Grillen zirpen, Hunde bellen, Öllampen brennen.

Die Anwohner bleiben notgedrungen an ihrem Platz, doch der Naturkunstraum, in dem sie leben, wandelt sich aufs Schönste: Wechselnde Beleuchtung streicht über ergreifend unbeteiligte Berge und Hügel, die bis zum Horizont widerstandslos im Dunkel versinken, und darüber ziehen täuschend echte Wolken. Es ist die obere, unhistorische Kante dieses Panoramas, die mir am besten gefällt. Dort existiert eine Welt, deren Tage und Nächte jeweils ungefähr fünf Minuten dauern, dabei aber wahr genug sind, um sich in sie entführen zu lassen.

Die Aussichtskanzel voller Publikum schwankt.

Ans Treppengelander gelehnt, stehen zwei Aufseher und erleben pro Tag hunderte Sonnenauf- und -untergänge.

Ich steige die Treppe wieder hinab, gelange auf den Boden der Manege. In Tuchfühlung mit dem Panorama gibt es die Späßchen zu entdecken, die sich Yadegar Asisi zur Unterhaltung der Besucher leistet: stürzende Togaträger, herzig verteilte Hunde und Katzen, und, verschmitzt für die Bildungsbürger platziert, der Dornauszieher, eine geradezu emblematische antike Skulptur, hier gebräunt auf einer Wiese sitzend und seinen Fuß nach einem Stachel absuchend.

Man könnte leicht, bis in die Feinheiten von Gestik und Mimik hinein, das Fragwürdige einer Installation auflisten, die ihre Betrachter rundum in eine Fototapete einwickelt, doch es genügt, in der Ausstellung im Pergamonmuseum die zerschlagenen, realen Zeugnisse aus der fernen Zeit zu sehen, um zu wissen, dass Wimpernblech, Hodensack und Bruchstücke aus jenem Gelände stammen, von dem nur noch Wolken übrig sind.

KW 47

Das Wort »Staatsversagen« steht im Raum.
Parlamentarier haben sich erhoben, mit hängenden Köpfen und Armen, um der Opfer einer neonazistischen Terrorzelle zu gedenken, die dreizehn Jahre lang mordete, ohne dass Verfassungsschutz oder Polizei einen Zusammenhang herstellten, die Rohrbomben in Garagen bastelte, dann untertauchte und aus den Akten verschwand.
Erst als sich Indizien in einem qualmenden Wohnwagen fanden, kam ans Licht, wie viele Augen dreizehn Jahre lang fehlsichtig, verschlossen, abgewandt oder blind gewesen sein müssen.
Die Parlamentarier halten die ihren gesenkt.

Der türkische Außenminister Ahmet Davutoglu sagt, Deutschland werde »für jeden Tropfen Blut Rechenschaft ablegen müssen«, der durch die Neonazis von türkischen Opfern vergossen worden sei.

Das Wetter: hartnäckiger Hochnebel.

UNHEIMLICH VERTRAUT seien uns Bilder vom Terror, suggeriert eine Ausstellung unter gleichnamigem Titel – und in der Tat: Eine Wand voller Fotos von Attentatsorten aus den siebziger und achtziger Jahren sind für mich längst Teil meiner inneren Galerie, bevor ich sie hier in Reihe wiedersehe.

Auf allen: der entleerte Ort.

Ausgebrannte, zerfetzte, von der Straße abgekommene Autowracks. Reste von Kinderwagen, in denen Sprengstoff versteckt war. Absperrbänder.

Öffentlicher Raum als Spielbrett, von dem mit einer einzigen Handbewegung die Figuren gewischt wurden. Nur die Markierungen sind noch da, die bis vor kurzem regelten, wie es weiterging: Zebrastreifen, Abbiegespuren, Ampeln, Vorfahrtzeichen, Bordsteine. Verloren zwischen ihnen wachen oder hocken die Wenigen, die von Berufs wegen hier sein müssen. Alle anderen hat die Druckwelle so weit weggeschleudert, dass sie jenseits der Absperrbänder sind, nicht mit aufs Bild kommen.

Es sind die Stunden, in denen die Leichen unter Planen liegen und der Hergang des Anschlags untersucht wird. Es sind die Stunden der Spurentechniker.

Es ist die Belichtungszeit des Pressefotos.

Auf den ersten Blick sieht es aus wie nach einem Verkehrsunfall, nur schlimmer. Während ein Unfall ein scharfzähniges Loch in die asphaltierte Wirklichkeit reißt, ist hier die gesamte Fläche abgeräumt, auf der umgeknickte Baustellenschilder liegen und Ordnungskräfte allein stehen. Selbst der bereits von Blut und

Schrott gesäuberte Ort will einfach nicht mehr aussehen wie vorher.

Nach einem Unfall rollt die Kolonne bald wieder über das Schlagloch, das durch Zufall sichtbar wurde. Eine gezielte Katastrophe setzt die Spielregeln jedoch so weit außer Kraft, dass plötzlich sie zufällig zu sein scheinen, nämlich stets in Gefahr, umgepustet zu werden.

Was dann zurückbleibt, ist hier zu besichtigen.

Es ist der Rest vom Schützenfest, nachdem Terroristen weggebombt haben, was sie stört.

Es ist der Boden, der einem unter den Füßen weggezogen wird.

DAS HISTORISCH UNHEIMLICHE nennt der US-amerikanische Bildwissenschaftler W. J. T. Mitchell die Dekade seit dem 11. September 2001, und er will in einem Vortrag untersuchen, welche offiziellen und verborgenen Bilder den »Krieg gegen den Terror« geisterhaft flankieren.
Hinter ihm, Teil der Ausstellung »Unheimlich vertraut«, hängen großformatige Fotoarbeiten von Thomas Ruff. Sie bannen die getroffenen Zwillingstürme in New York als schemenhafte, aus vielen übereinandermontierten Bildern erwachsende Idole der Erinnerung. Der Saal ist voller Zuhörer.
Nach einigen Schlenkern kommt Mitchell auf das Bild zu sprechen, das seiner Meinung nach den verborgenen Zeitgeist und die ganze bedrohliche Illegitimität des Krieges gegen den Terror in sich bündelt: den »Kapuzenmann« aus dem Gefängnis Abu Ghraib, ein unter einem Umhang und einer Kapuze verborgenes Folteropfer, das auf einer Kiste stehend die verkabelten Arme ausstreckt, um nicht das Gleichgewicht zu verlieren und so seine eigenen Qualen durch Elektroschocks zu vergrößern. Es ist ein Foto, das auf einen Schlag die moralische Integrität der USA untergrub, und es ist interessant, Mitchells Bildbelegen zu folgen, die aufzeigen, in welch vielfältigem Zusammenhang der Kapuzenmann benutzt wurde, um den Kreuzzug der USA als Kreuzzug bloßzustellen – aber ein ikonologisches Aha-Erlebnis habe ich dadurch nicht. Natürlich ist dieses Gespenst von Abu Ghraib (Mitchell weist auch darauf hin, dass nur einige wenige von tausenden Fotos der Demütigungen und Grausamkeiten je

veröffentlicht wurden) mittlerweile wieder von der Bildfläche verdrängt. Daraus indirekt seine mächtige, verborgene Wirksamkeit abzuleiten, ist mir zu zirkelschlüssig.

Viel plausibler ist, wenn Mitchell das Bild der angegriffenen Türme, also das offizielle Signet der Zeitenwende, als monumentalisierten Fetisch entlarvt, der durch seine Allgegenwart die Rechtfertigung für einen Krieg liefert, von dem Senator McCain prophezeite, er werde ein Jahrhundert lang dauern.

In der Ausstellung, die Mitchells Vortrag rahmt, findet sich wie ein beißender Kommentar dazu eine Arbeit Christoph Draegers. Zwei plakatgroße Motive vom Ground Zero hat er als mehrtausendteilige, zusammengesetzte Puzzles gestaltet, so dass man im Geist stets aufs Neue die zusammengestürzten Symbole zusammenfügen kann zu einem Bild des Zusammengestürzten.

Ganz am anderen Ende der Ausstellung, in einer Art abgelegenen Seitenkapelle, läuft ein achtundzwanzigminütiges Video von Fiorenza Menini, das stille Einkehr bietet.

Man sieht, ohne Ton, vom anderen Flussufer aus auf das World Trade Center. Man sieht eine Staubwolke sich ausbreiten und das ganze Bild vernebeln, dann, nach einer langen Weile, allmählich wieder die Umrisse des südlichen Manhattan – all das ungeschnitten, in einer einzigen Einstellung, in stummer Echtzeit, die sich wie Trance dehnt.

In diesen achtundzwanzig Minuten hat es genug Platz, um hochzukriechen: das historisch Unheimliche, in einem Bild ein Bild sprengend.

MR WILD TURKEY

Er steht auf seiner Veranda und blinzelt in die ungebärdige Landschaft.

Hier draußen leben Männer und Tiere, nur getrennt durch Unterholz, in dem sich die einen wie die anderen verstecken, bevor sie dann doch aufeinandertreffen.

Er nimmt das Gewehr und geht los.

Bäume federn beiseite, wenn er kommt, schnellen hinter ihm zusammen, um ihn zwischen Lauschen, Lauern und Spähen einzuschließen, umstellen knackend und knarrend die Pirsch, segnen sie dann und wann mit einem herabfallenden Blatt. Die Wälder sind voller Losungen, die jeder, der einen Jagdschein hat, also jeder, zu lesen versteht, denn hier sprechen Kojoten, Hirsche, Opossums, Waschbären, Murmeltiere, Eichhörnchen, Füchse, Pumas, Bären, Wölfe, Wildschweine und Kaninchen noch so deutlich die Sprache der Natur, dass sie klar eine Betriebsanweisung zum Töten ist.

Er dankt Gott, dass sein Land das Tragen von Waffen erlaubt.

Sein Haus steht hart am Rand des Dunkels, aus dem Zähne und Klauen hervorflackern, wenn er abends ein Barbecue macht, aber er fürchtet sich nicht vor solchen Schatten. Bei ihm bricht keiner ein. Am Grill drehen sich ganze Tiere, von ihm erlegt, und er soll sich um Zähne, Klauen oder finstere Gestalten bekümmern?

Es riecht nach Herbst. Es wird ein schöner Tag.

Das Unterholz färbt sich gelb, bietet allmählich weniger Deckung. Lichtgesprenkeltes Fell schlüpft davon, kaum so gut versteckt wie früher. Zwischen Borsten haben sich herabgefallene

Blätter und Früchte verklemmt. Vorrätesammler arbeiten unterhalb der Sichtschwelle. Scharren, Rascheln und Rauschen ist zu hören.

Er trägt das Gewehr am Leib. Er ist frei.

Schon als Elfjähriger hat er einen gewaltigen Keiler geschossen, hat ihn lange verfolgt, lief auf der Blutspur, bis der Verletzte endlich zusammengebrochen vor ihm lag, schmiegte sich dann an den hohen Rücken und umarmte den Toten. Dreihundertzwanzig Kilogramm Wurst wurden aus seiner Zuneigung gemacht. Die meisten anderen Tiere, mit denen er im Wald zusammengetroffen ist, steckte er auf den Spieß und röstete sie über Feuer, während Zähne und Klauen mal größer, mal kleiner aus dem Dunkel hervorflackerten.

Auch Federn blitzen auf, auch Flügel flattern, wenn er tief im Innern des Waldes auf verborgene Lichtungen kommt. Dort sucht er immer wieder nach dem Truthahn.

Die schwere, schillernde Brust dieses Vogels hat es ihm angetan. Bei Gefahr erhebt sie sich allerdings schnell in die Luft, fliegt mit bis zu hundert Stundenkilometern davon, schmal vor Furcht – doch wem es gelingt, einen Truthahn zu überlisten, dem spiegelt er die ganze Pracht ungebärdigen Stolzes wider. Kollernd wirft er sich in die Brust, schreitet sein Revier ab inmitten eines Kontinents voller Wild, balzt wachsam auf Lichtungen, auf denen die Sonne seine Federn schillern lässt, verschmilzt schwer und gewandt zugleich mit der Landschaft.

Hat er einen Truthahn angelockt, weil er dessen Rufe nachahmen kann, schießt er oft nicht gleich. Es ist, als führe der Geist des Vogels in ihn, und er möchte ihn am liebsten umarmen. Das Unterholz, eine schmale Barriere zwischen Männern und Tieren, gibt diesem Jäger wie hinter einem Schleier sein kollerndes Totem.

Dann schießt er doch.

Wenn er selbst einmal tot ist, lässt er sich verbrennen. Danach wird seine Asche portionsweise in Gewehrpatronen abgefüllt, wird dem Schießpulver so beigemischt, dass es noch zündet, aber trotzdem etwas von ihm mitnimmt, während es auf einen Truthahn zurast und in dessen Brust steckenbleibt. Er hat ausgerechnet, für wie viele Schuss Munition die Asche reichen müsste. Seine Freunde, die auch jagen, werden noch eine Weile nach seinem Tod etwas von ihm haben.
Und weil er kein Hinterwäldler ist, hat er eine Firma namens Holy Smoke angemeldet und schon einige Aufträge dieser Art ausgeführt. Selbst sein bester Freund, vor kurzem auf einer gemeinsamen Pirsch gestorben, ist zu hundertfünfundsiebzig Schuss verarbeitet. Er hat ihn heute dabei, will, dass er im Fleisch aufersteht.
Unter seinen Füßen knacken Äste, hoch oben knarren kahle Baumkronen.
Er braucht einen Braten für Thanksgiving. Er weiß, auf welcher Lichtung er suchen muss.
Dann hört er ihn. Dann sieht er ihn.
Unentrinnbar aufgescheucht, duckt sich ein prachtvoller, großer Truthahn vor ihm.
Er drückt ab.
Durch das Mündungsfeuer, durch ein Lagerfeuer, durch die Flammen eines Krematoriums, durch einen Schleier aus Rauch sieht er ihn fallen. Wieder schließt sich der Kreislauf der Natur: Augen zu, Augen auf, Augen zu; Laden, Schießen, Laden.
Es ist ein schöner Tag. Es riecht nach Herbst.

KW 48

Karl-Theodor zu Guttenberg, wegen der schlechten Presse nach Amerika emigriert, versucht eine Rückkehr aus dem Schnürboden. An Gummibändern herabfedernd kommt er mit der 80 000er-Startauflage des Breviers *Vorerst gescheitert* auf die Bühne, mit aufgeräumtem Gesicht und dem kokett schräggestellten Wörtchen »Vorerst«, das sich nach der Zukunft streckt und beschwipst an ihr nippt.
Die öffentliche Meinung jault auf.
Letztes Jahr fast um diese Zeit erschien der dunkle Messias Thilo Sarrazin, entbot im Laufe eines Monats 650 000-mal seine Sendschrift *Deutschland schafft sich ab*, versprach, im unteren, prekariellen Bereich dieses Landes aufzuräumen.
Karl-Theodor zu Guttenberg, dessen lichtblaue Augen immer von oben zu kommen scheinen, will Deutschland dagegen im Überflug retten. Nachdem er einige Worte und seine Startauflage losgeworden ist, ist er wieder so leicht, dass ihn die Gummibander, an denen er hängt, unbarmherzig zurück in den Schnürboden reißen.

Ein achtundsechzigjähriger Mann in Häftlingskleidung tritt vors Moraltribunal. Ehemaliger »Sheriff des Jahres«, einst so berühmt für sein Durchgreifen gegen Drogenkriminalität, dass sogar ein Gefängnis nach ihm benannt wurde, sitzt er jetzt in ebendemselben zur Untersuchungshaft ein. Die Polizei, die ihm mithilfe einer seiner ehemaligen Liebhaber eine Falle stellte, ertappte ihn dabei, wie er Drogen gegen Sex dealen wollte.

Ein ehemaliger Landrat aus der Gemeinde des ehemals ehernen Sheriffs: »Als ob man erführe, dass die Erde eine Scheibe ist.« Die Moral kichert, balanciert weiter auf ihrer Kugel, die wie ein Globus aussieht.

EXOPLANET KEPLER-22B

I (Anflug)

Kepler mustert per Kamera
Einen Ausschnitt voll mit hunderttausend Sternen
Sucht nach einer zweiten Erde

Kepler mach die Luke auf
Großes Stahlgewicht
Sieh dich um sieh dich um

Kepler misst per Fotometer
Ob schwache Helligkeiten flackern und schwanken
Prüft dreimal ob oder ob nicht

Kepler mal ein neues Bild
Großes Stahlgesicht
Dideldum dideldum

Kepler zeigt uns plötzlich etwas
In guten sechshundert Lichtjahren Entfernung
Wohl Kepler-22b

Kepler-22b
Fliegend ausgestreckt
Wie wir wie wir wie wir

II (Bericht)

Objekt Kepler-22b
Steckt in einer ellipsoiden Halskrause
Auf dem Spitzbart eine Schneeflocke

Baut ungekannte Raumgebilde
Exemplum das regelmäßige Sternvierzigeck
Und wie nebenbei das Teleskop

Sah uns kommen und stellte sich tot
Als Grabesschrift »Die Himmel hab ich gemessen
Jetzt mess ich die Schatten der Erde«

HATE RADIO: Im taktschlagenden Fuß des Radiomoderators Kantano Habimana, wippend zum Rhythmus des Songs *Rape me*, spiegelt sich die Arbeitsmoral derjenigen seiner Hutu-Landsleute in Ruanda wider, die 1994 Macheten und Knüppel zur Hand nahmen und ungefähr eine Million ihrer Tutsi-Landsleute erschlugen, zerhackten und abschlachteten. Angefeuert wurden sie dabei vom Kurzwellensender RTLM (Radio-Télévision Libre de Mille Collines). Sein Programm schickte täglich flotte Musik und flotte Sprüche über den Stand der Vernichtung an jeden Haushalt.

Jetzt ist Kantano Habimana wieder auf Sendung. Dargestellt von einem Überlebenden des Genozids, flankiert von zwei anderen Schauspielern, die seine Komoderatoren spielen, fläzt er sich im Sessel der original nachgebauten Studiokulisse, ruft den verfolgten Tutsi zu: »Wenn du eine Kakerlake bist, dann bist du eben eine Kakerlake und man muss dich töten.«

Das Internationale Institut für Politischen Mord (IIPM), eine theatralische Versuchsanstalt, inszeniert eine Art Re-Traumatisierung, in der die Zuschauer diesen geschlossenen Glaskasten des Hasses von zwei Seiten umsitzen und eine aus dem Material hunderter realer Stunden kompilierte Sendung über Kopfhörer empfangen.

Wir sind da, eine stumme, stocksteife Zeugenschaft vor der Bühne, während die Aufhetzung zum Genozid als Plauderstündchen abläuft, beschwingt untermalt von Musik und in der Rekonstruktion perfide daran erinnernd, wie lange die Parolen des

Radiosenders damals nicht für bare Münze genommen wurden. Was hier im Kern unentrinnbar auftritt, ist nicht nur der gespenstische Frohsinn der Bestialität, sondern ebenso die gespenstische Untätigkeit von Außenstehenden.

Insofern kann das Wiederaufführen historischer Situationen durchaus unangenehm intelligent sein. Zwar kommt solch ein Theater nicht ohne dicke Programmhefte voller Hintergrundinformationen aus, aber sein szenischer Kern, die pseudonaive Verdopplung des Gewesenen, demonstriert auch, dass immer nur eine mögliche Spielart der Realität stattgefunden hat, die man wie auf einem Objektträger aus Glas noch einmal untersuchen kann, wenn man sie sich vor Augen hält.

Das Originalstudio des Radiosenders hatte eine Glasfront im ersten Stock zu einer Straße hin. Als die Premiere des Stücks *Hate Radio* in der ruandischen Hauptstadt Kigali in genau diesem Raum stattfand, standen die Zuschauer auf der gegenüberliegenden Straßenseite und hörten, umgeben vom Verkehrslärm des Jahres 2011, über Kopfhörer, was 1994 gesagt und gespielt wurde. Aus leichter Unterperspektive erlebten sie Wiedergänger der Geschichte ihres Landes. Was sie von dort aus nicht so gnadenlos gut sehen konnten, war der wippende Fuß des Radiomoderators Kantano Habimana.

KW 49

Zwei erneute Rettungsgipfel: für Geld und Klima.
Die EU beschließt einen Stabilitätspakt und die Welt das Durban-Paket.
Die Märkte sollen sich beruhigen. Das Klima wird beobachtet.
Die Erde rotiert weiter, scheuert durchs All.

Nach den russischen Parlamentswahlen, die auf gewohnte Weise manipuliert waren, formiert sich auf den Straßen ungewöhnlich viel Protest.
Premier Wladimir Putin bezichtigt die USA als Rädelsführer.
Einige Tage später sagt er: »Man muss auf schärfste Art und Weise auf alle Verletzungen der Menschenrechte reagieren.«
Truppen des Innenministeriums, berüchtigt für das Niederschlagen von Unruhen und Bürgerkriegen, werden nach Moskau verlegt.

Mark Zuckerberg, Facebook-Gründer, ist durch einen Programmfehler mit einem toten Huhn in der Öffentlichkeit zu sehen. Das Foto, auf dem er in der rechten Faust ein kopfab hängendes Huhn hält, sollte eigentlich privat bleiben. Zuckerberg lächelt darauf, ohne zu lächeln, ein wenig befangen, so wie man Freunden ein halbes Witzchen zuruft im Vertrauen drauf, dass sie es nicht in den Hühnerhof weitertragen.

Entgegen EU-Vorschriften will ein Rumäne während des Advents-Schlachtfests ein Schwein mit dem Messer töten. Das Tier schlägt aus, trifft die Hand, die Klinge des Messers bohrt sich in die Halsschlagader des Mannes, und er verblutet.

AUFGETAUCHT

In der Atacama-Wüste, deren Luft so klar ist, dass man von dort die Sterne observiert, sind Überbleibsel lange sichtbar. Steine liegen herum, grau verteilt zu Riesen-Bildern, die man nur aus großer Höhe erkennt. Wolkenlose Sonne strahlt auf Abraum. Unter der Wüste liegt Kupfer und Gold. Eine Piste wie eine Kratzspur windet sich in die Vorberge, nimmt niemanden mit, endet auf einem Minengelände, auf dem die Zugänge in die Tiefe mit Beton versiegelt sind. Alle Gebäude, die an den Abbau von Bodenschätzen erinnern, wurden weggeschafft. Nur stahlarmierte Fundamente bezeugen noch, dass hier mehr war als Wüste. Eine Menge Menschen kampierten nahebei, kneteten ihre steinharte Hoffnung, versammelten sich zu Riesen-Bildern. Unter ihren Füßen waren in siebenhundert Metern Tiefe Bergleute verschüttet.

Sonden hatten sich vorgegraben zu den Verschütteten und den Satz »Es geht uns gut in unserem Schutzraum, die 33« ans Licht gebracht. Essen, Getränke, Medikamente und Pornohefte wurden heruntergelassen. Briefe und Videos, auf denen düster-muntere Männer winkten, kamen nach oben. Ein Bohrkopf arbeitete an einem Rettungsschacht, durch den die Rakete Phönix in den »inner space« gelangen sollte, während die Männer, schwitzend in der Erdwärme, täglich fünfhundert Kilo Schutt wegräumen mussten. So vergingen gut zwei Monate. Die Verschütteten badeten in Interesse. Schon wusste man, wer von ihnen hinkte, wer hustete, wer Hallodri, wer haltlos war. Übertragungswagen betreuten die Öffentlichkeit.

Mehr als eine Milliarde Zuschauer bangten, als Phönix einfuhr in den kollektiven Untergrund. Der erste Kumpel wurde verladen. Dann holte die Rakete sie Mann für Mann zurück. Sie tauchten in der Wüste auf, die voller Sonne und Scheinwerfer auf sie wartete. Keiner von ihnen durfte die dunkle Brille abnehmen, die er gegen die Blendung trug, und so viele drängten sich um sie, dass sie bald in der Menge untergingen.

Unverwittert ecken grob gefertigte Betonfundamente an, wo das Auge ansonsten keinen Halt findet. Aus dem Beton ragen die rostigen Armierungen, werfen Schatten wie Sonnenuhren. Steine liegen herum. Mehr als eine Milliarde Menschen schauen längst in eine andere Richtung. Die Ungeheuerlichkeit aus dem Untergrund wurde hochgeholt und bearbeitet, dann vergessen. Diese Mine wird nicht mehr ausgebeutet.

Tagsüber wandern die kleinen Schatten der Armierungszeiger rings um ihren Ursprung, nachts zieht der Himmel seine Riesenbilder auf, und es wird sehr, sehr kalt.

Immer um die gleiche Zeit ist hinter einem Hügel der ehemaligen Mine ein Scharren zu hören. Geräusche tragen weit in der Wüste. Gegen den Himmel gut zu sehen, tauchen sie dann auf: die 33 Mann. Ein durch die Nacht irrendes Trüppchen. Längst haben sie ihre Schutzbrillen abgenommen.

Alleingelassen, folgen sie den Wegen unter Tage. Zwei von ihnen husten, drei hinken, einer versucht, den Hallodri zu spielen, alle wollen sich aufeinander stützen, ohne jemals die Schulter ihres Nebenmannes zu treffen.

Als sie noch in Aufmerksamkeit badeten, waren sie verlorene Söhne in der Erdwärme. Jetzt wartet niemand mehr auf sie im kalten Refugium der Atacama, unter dem Kupfer und Gold liegen. Manchmal stoßen sie gegen die Minenüberbleibsel, denen die Aufbauten fehlen, manchmal nicht. Sie müssen jetzt voran-

kommen ohne Sonde. Ihre Schritte kneten ihre versteinerten Hoffnungen.
Die Atacama knirscht unter den Sohlen von 33 Geretteten. Vielleicht haben sie doch ein Ziel: Man kann sich ja in dieser klaren Luft an den Sternen orientieren.

FREMDE HEIMAT ist das Thema eines Gesprächs, in dem es um multikulturelle Stadtgesellschaften geht. Klaus Staeck, launig die überschaubare Publikumsschar begrüßend, erzählt, dass seine Familie 1956 von der DDR in die BRD übersiedelte und dort von den Behörden empfangen wurde mit dem Seufzer: »Was wollen Sie bloß alle hier?« Er wünscht uns einen erhellenden Heimatabend.

Den gibt es tatsächlich. Vor allem deshalb, weil die vier Gesprächsteilnehmer auf dem Podium in so vielstimmiger Weise aneinander vorbeireden, dass sie das Thema des Abends aufs Lebendigste verkörpern. Sie bilden eine soziale Plastik, die teilweise schwer zu verstehen ist wegen ihres türkischen Akzents, teilweise akzentuierte Fallbeilgesten in Richtung der drögen öffentlichen Diskurse macht, teilweise akzentfrei und kontrolliert hinter einem politischen Binder agiert.

Zum Auftakt liest die Schriftstellerin Emine Sevgi Özdamar ein Tableau Istanbuler Kindheitserinnerungen, verschränkt mit der Perspektive erwachsener Heimatlosigkeit.

Der Soziologe Erol Yildiz sagt: »Es kommt immer auf den Kontext an.«

Der Psychologe Mark Terkessidis wagt die erste griffige Polemik, die da lautet, der Begriff Heimat habe im Zusammenhang mit Migration ausgedient. Er sei angesichts der deutschen Tradition, daraus etwas Exklusives herzuleiten, sowie der Realität heutiger Patchwork-Biographien längst eine Zumutung. Heimat sei, wenn überhaupt, eine Aufgabe und nichts Bewahrenswertes.

Das sieht der Mannheimer Oberbürgermeister Peter Kurz ganz anders. Er hat keine Schwierigkeiten damit, Heimat als Gegenbegriff zur Globalisierung zu verwenden, betrachtet es sogar als politischen Auftrag, durch Identitätspolitik Heimat zu ermöglichen. Er wird im Lauf des Abends noch darauf hinweisen, dass in Mannheims Zentrum eine Moschee in direkter Nachbarschaft zu einer katholischen Kirche steht und dass dieses Foto regelmäßig reproduziert würde, wenn es um gelungenes Miteinander ginge.
Probeweise formuliere ich für mich selbst eine eigene Formel: Wenn es nebenan klingelt und die Kroaten den Indern die Haustür aufmachen, damit sie die Wurfsendungen des vietnamesischen Takeaways platzieren können.
Mark Terkessidis, inzwischen einen Kurzvortrag haltend, stellt in den Raum, Heterogenität bedeute für den Deutschen noch immer Desintegration, dabei sei Integration selber ein hochproblematischer Begriff, der von einem »Wir« und »denen, die dazukommen« ausginge, um dann in einer seit vierzig Jahren feststeckenden Debatte über Sprachprobleme, Ghettobildung und patriarchalische Strukturen zu verharren. Diese Debatte spiegele aber die Realität keinesfalls mehr wider, in der zum Beispiel eine Einwanderer-Mittelschicht entstanden sei und das sogenannte Ghetto auch als Ort beschreibbar wäre, in dem transnationale Beziehungen gepflegt werden. Einsprachigkeit, schiebt er nach, sei kein erstrebenswerter Normalzustand, sondern auch Ideologie. Und Heimat, dieser tümelnde Begriff des »Containments«, behindere nur die Diskussion.
Was sagt Oberbürgermeister Kurz dazu? Er sagt: »Ich stimme allem zu, außer der Grundthese.«
Nachdem der Soziologe Yildiz' Lokalität neu definieren will als sesshafte Mobilität beziehungsweise mobile Sesshaftigkeit, schaltet sich die gewitzte Moderatorin Frauke Burgdorff (Vorstand der Montagstiftung Urbane Räume) ein und moniert:

»Nicht romantisieren!« Schließlich gäbe es auch Flüchtlinge, die weiß Gott unfreiwillig unterwegs wären.

»Ja«, antwortet Terkessidis, »aber nicht immer kommen die Ärmsten der Armen, sondern auch Qualifizierte.« Und schon ist er wieder bei der deutschen »Integrationsindustrie«, deren Sonderprogramme die Definition festschrieben, es handele sich um Leute, die Probleme haben.

Peter Kurz allerdings sieht nicht nur die Fixierung auf Problemlagen, sondern auch, wie schwer es in der Praxis ist, Ressourcen der Einwanderer, sprich: ihren erfolgreichen Mittelstand in Gestalt von Unternehmern in die Öffentlichkeit zu bringen. Immer wieder versuche er, solche Leute zum Mannheimer Neujahrsempfang einzuladen.

Erol Yildiz, der dreißig Jahre in Köln gelebt hat und jetzt mit den Ladenöffnungszeiten in Klagenfurt hadert, sagt, dass »man erst in siebter Generation ein Kölner wird«. Heimat, sagt er, sei eine vertraute Struktur, meist erst aus der Distanz heraus wahrnehmbar. Und er zitiert einen Befragten der postmigrantischen Generation: »Heimat ist dort, wo man zivilisiert und respektvoll miteinander umgeht.«

Heimat als Ort, »wo man sich nicht erklären muss«, ergänzt Kurz.

Frauke Burgdorff bringt die Kriterien Schutz und Teilhabe ins Spiel.

»Schon mal keine echte Teilhabe«, murmelt der Oberbürgermeister. »Das Wahlrecht!«

Schriftstellerin Özdamar sagt, eine Stadt sei ein Bühnenbild, und eine soziologische Studie in Paris habe erwiesen, dass jeder, dazu aufgefordert, »sein Paris« zu zeichnen, einen anderen Ausschnitt gewählt habe.

Aus dem Publikum fragt eine Professorin, wie man in einem solchen Umfeld eine Vergangenheit erwerben könne.

Psychologe Terkessidis: »Ich finde, die deutsche Gesellschaft ist viel zu vergangenheitsorientiert. Und die Geschichte, die man erzählt, ist immer eine bereinigte: Ortlosigkeit und Vertreibungen werden ausgespart.«
Gegen Ende schlägt Emine Sevgi Özdamar vor, man solle die Menschen einfach in Ruhe lassen, die machten das schon. Und es gebe ja auch noch die Liebe.

KW 50

Amerika verliert Drohnen. Iranische Revolutionsgardisten posieren vor einer Waffe, die ihrem Land vom Himmel in die Hände gefallen ist. Das Aufklärungsfluggerät gibt gezwungenermaßen seinen Fledermausrumpf preis, teilweise bedeckt von iranischen Bannern, sendet keine Daten mehr, sondern blickt stumpf aus seiner Gefangenschaft.
Eine Kollegin, die in Erprobung befindliche Superdrohne Falcon HTV-2, die 22-fach schneller als der Schall fliegt, verschwand unlängst bei einem Testflug einfach von den Radarschirmen.
Spaßvögel der Internet-Community bescheinigen ihr einen Bremsweg von 40 000 Kilometern.

Jacques Chirac, ehemaliger französischer Staatspräsident, verliert einen Prozess, der gegen ihn geführt wird wegen Veruntreuung öffentlicher Gelder, und wird zu zwei Jahren Haft auf Bewährung verurteilt.
Der Schuldspruch fällt in seiner Abwesenheit.
Er soll an Demenz erkrankt sein, kann sich also vielleicht nicht genau erinnern.

THE BOSTON VISIONARY CELL ist die Einsiedelei, in der Paul Laffoleys Kopf auf eine Tischplatte voller Bücher sinkt. Wie in einer Asservatenkammer stapeln sich Schriften, Schaubilder, Papierrollen, Modellbauten, Holzlatten und Kartons dicht um ihn herum in tiefen, deckenhohen Regalen. Dazwischen Halogenstrahler. Kein Tageslicht findet Einlass in die Einzimmerhöhle, in die Laffoley sich achtunddreißig Jahre lang zurückzieht, um über dem Weltwissen zu brüten. Sein Kopf, ein perfekt geschorenes Ei, liegt auf seiner Rechten, während die linke, kräftige Hand in einem aufgeschlagenen Bildband afrikanische Möbel berührt. Zu erkennen sind ferner der Titel *Atlantis* sowie eine gezeichnete Spirale mit saugender weißer Leere in ihrer Mitte.
Paul Laffoley schläft sicher nicht. Er ist ein Hysteriker der Systematik, und zwar einer von jenen coolen Hysterikern mit unglaublich viel Sitzfleisch, die den Dingen bis auf den Abgrund nachgehen.
Seit den sechziger Jahren des letzten Jahrhunderts produziert er meist quadratische, großformatige Öl-Acrylbilder, an denen er bis zu zehn Jahre lang arbeitet. Sie ähneln sowohl Mandalas als auch Diagrammen als auch schematischen, farbigen Betriebsanleitungen. Wesentlich in ihnen sind die Beschriftungen und Symbole, die manchmal bildbeherrschend werden. Immer geht es um die letzten Dinge: Zeit, Raum, Energie, Bewusstsein, Wandel.
Am unteren Rand der Gemälde zählt Laffoley jeweils die Lehrmeister seiner komplizierten Systeme auf. Von Plato über Teil-

hard de Chardin bis Alfred Jarry versammelt sich dort eine krause, muntere Gesellschaft, und der Maler gewinnt Züge eines Abendschülers, der seinen Stoff im Rahmen einer Lernzielkontrolle präsentiert, aufzeichnend, was er bislang begriffen zu haben glaubt vom Weltbildgetriebe und dessen Urkräften.

Optisch erreicht seine Akribie die Schönheit von Kaleidoskopbildern. Gedanklich werden sie vorbereitet durch ein Journal, das Laffoley zwei Jahre lang führt und »The Visions of History« nennt. Als eine Art Frontispiz ist ihm die Kopie eines berühmten Kupferstichs von Claude-Nicolas Ledoux vorangestellt, auf dem in der Pupille eines gemeißelten Auges sich ein großer Theaterzuschauerraum spiegelt. In »The Visions of History« erklärt Laffoley die linearen und zyklischen Zeitvorstellungen westlicher und östlicher Kulturen und wie sie sich in vierdimensionalen Strukturen verbinden lassen.

Als ich mich in der Ausstellung mit Bildern Laffoleys über die Vitrine beuge, in der einige Originalblätter jenes Journals ausliegen, ruft der Aufseher sofort: »Nicht aufstützen!«

Laffoleys Kopf sank wahrscheinlich wieder auf die Tischplatte, als er diese Zusammenschau beendet hatte. Rings um ihn türmten sich die Erkenntnisse, wie auf dem Foto aus der »Boston Visionary Cell« zu sehen.

Ich könnte wetten, dass irgendwo in dem Wust auch ein Faksimile des Voynich-Manuskripts liegt, des unentzifferbarsten Buchs der Erde, an dem sich die Entschlüsselungsprofis schon seit Jahrhunderten die Zähne ausbeißen. Zwar ist diese Handschrift illuminiert von Gemälden, auf denen Phantasiepflanzen, nackte Frauen beim Baden in grünen Gewässern und Gestirnkonstellationen auftauchen, aber der Text ist vollkommen hermetisch, abgefasst in unbekannten Schriftzeichen.

Interessanterweise führt Paul Laffoleys wie schablonengezeichnete Deutlichkeit an genau den gleichen Punkt der Verrätselung.

In beiden Fällen wird dem Betrachter schwarz vor Augen, wenn er zu verstehen sucht, wobei die Energie, die in jene Werke gesteckt wurde, wohl bei beiden zur Klärung dienen sollte.
Hingebungsvoll malt Laffoley Spiralen, Hexagramme und Periodensysteme des höheren Wissens.
Unschwer zu erraten, dass der Kunstbetrieb ihn nicht an seine Brüste drückt, sondern am zerschlissenen Rocksaum mitschleift wie aufgewischten Sternenstaub. Laffoley ist aber garantiert viel zu beschäftigt, um zu bemerken, ob sich außerhalb seiner Klause etwas tut. Er hat Wichtigeres zu visualisieren.
Genüsslich rundet der Katalog seiner allerersten Einzelausstellung in der Alten Welt das Muster der Heiligenlegende ab: Er soll mit sechs Monaten ein einziges Wort, nämlich »Konstantinopel«, gesprochen haben, verstummte dann bis ins vierte Jahr, leidet unter dem Asperger-Syndrom, und 1992 wurde in seinem Kopf ein Metallstück entdeckt, das er für einen von Außerirdischen eingepflanzten Chip hält.
Der Titel eins seiner Bilder lautet: *The House of the Self.*
Beschriftung im oberen Drittel: »The Vibration of the Universe varies between Being and Nothingness«.

REGENECHOS

Monatelang war es zu trocken; nun trommeln Tropfen zart und gedankenlos auf schon vollgesogene Viehweiden, Waldstücke und Wege, ersäufen den Boden, der das Wasser vor Überfluss wieder ausspuckt, in einem klammen Film aus Matsch und Moder, in dem das Alte verschwimmt, ohne Hoffnung auf Neues zu machen. Lauthals stürzt der verrohrte Bach abwärts.

Der Regen sprüht, wiederholt unaufhörlich seinen Einsatz mit feuchter Aussprache.
Echos davon wandern im Niederschlagsradar als Farbflächen über die Landkarte, dabei überzieht der echte Regen die Landschaft grau, ohne Aufheiterung.
Er sickert in Zäune und Holzstapel, in Baumstümpfe und Maulwurfshaufen. Er unterspült Schotter, rinnt in selbstgegrabene Kuhlen, füllt Pfützen, bis sie so groß sind, dass auf ihnen Seekarten nötig werden, die ›Orte versunkener Werte‹ verzeichnen.
Am Rand Pilzkolonien. Glitschige Hüte mit aufgekräuselten, lamellierten Rändern entbieten unentwegt Abschiedsgrüße, bevor sie förmlich zerfließen, aufgelöst in nachwachsende Hüte.

Der herrschsüchtige Regen hat sich eingerichtet: Er will auf Dauer bleiben. Tag und Nacht betrommelt er die gleichen Stellen, die ihm durchweichtermaßen keinen Widerhall mehr entgegensetzen, schwemmt Hügel fort, breitet seinen nassen Schleier über Abgefallenes, Umgeknicktes, Verrottendes, Rostendes und gleichgültige grüne Nadeln, an denen er abperlt. Der

Schleier zerstiebt, findet wieder zusammen, fällt, ohne etwas freizulegen, schnürt querfeldein, speist den verrohrten Bach.

Monatelang war es zu trocken; nun dieses riesenbisschen Regen. Zwischen ihm, da und dort, ausgespart, Puppenstuben, Öfen voller brennender Kohlen.
Auch im Inneren der Stuben zündet der Tiefausläufer. Prasselnd schlägt er gegen Scheiben, stärker werdend.
Aufgeschnapptes Echo: »Für nix hamse Geld – aber schlechtes Wetter könnense machen.«

KW 51

Nordkoreas Geliebter Führer ist tot. Kim Jong-il liegt aufgebahrt in einem gläsernen Schrein, und draußen durchpeitscht das Volk, sonst geometrisch ausgerichtet, eine unkontrolliert wirkende Welle schluchzenden Unglaubens.

Über dem Eis des Chon-Sees, das krachend barst, als Kim Jong-il starb, ist das junge Mondgesicht des Diktatorennachfolgers Kim Jong-un aufgegangen. Noch ist es aber dem Volk nicht in die Herzen gepflanzt.

Die Schluchzenden, eine hungrige Manövriermasse, stehen untätig, wissen nicht, wohin mit sich.

Sie sind es gewohnt, dass ihr Herrscher persönlich durchs Land reist, um alles zu ordnen, um Anweisungen zu erteilen, wie Korn zu säen ist, Hämmer und Nähnadeln zu führen sind.

Vor einiger Zeit war er in einem hydroelektrischen Kraftwerk zu Besuch, ließ dort ein Foto machen, hinter sich ein Regal voller Geschirr. Vermutlich nahm er erst einen Imbiss, dann gab er Anweisungen an die Wassertropfen.

Jetzt wartet das nordkoreanische Volk darauf, dass man ihm sagt, wie es weiterleben soll.

KW 52

Bewegungen tragen Masken.
Das V-förmige Grinsen eines Möchtegern-Brandstifters verbirgt das Gesicht der »Occupy Wall Street«-Aktivisten, die eine Weile im Freien kampierten, um die Macht des Geldes zu brechen, jetzt aber witterungsbedingt und wegen Programmüberarbeitung wieder drinnen sind. Ihr Grinsen wird dem Offizier Guy Fawkes zugeschrieben. Er plante einst, das britische Parlament hochzujagen, hatte sogar den Sprengstoff schon in den Keller geschafft – und erstand später als Gesichtsmaske einer Comicfigur wieder auf, die einen anarchistischen Rachefeldzug gegen einen Folterstaat führt.
Daneben wird Guy Fawkes jedes Jahr in England während seines Gedenkfests fröhlich verbrannt, kehrt aber unversöhnlich immer wieder.

Maskenbewegung: Starre Mienen versuchen, die Verhältnisse durcheinanderzuwirbeln.
Das Hacker-Netzwerk Anonymous, dessen Logo ebenfalls Guy Fawkes' Larve ist, bricht in die elektronische Sicherheitsarchitektur der Firma Stratfor Global Intelligence Service ein, stiehlt Kunden-Kreditkartendaten und überweist auf deren Kosten viel Geld an Wohltätigkeitsorganisationen.
Nach den Überprüfungen der Kreditkartenfirmen werden diese Summen umständlich zurückgebucht werden.
Anonymous, hierarchiefreier Haufen von Machtbekämpfern, streitet über Sinn und Zweck der Aktion.

Guy Fawkes sollte gehängt werden, brach sich aber vorher das Genick beim Sprung vom Galgenpodest. Ob sein Grinsen oben auf dem Podest blieb, wie bei der Katze im Wunderland, die längst nicht mehr im Baum saß, als ihre Schnurrbarthaare noch dort oben als breites V zitterten?

DAY IS DONE. Wir sitzen zu viert in einem provisorischen Kunstprojektkino, um diesen Film zu sehen. Vor der offenstehenden Tür, die direkt auf den Hof geht, bewegt sich ein Vorhang im Wind. Statt Werbung läuft Musik: Wagners Walkürenritt. Wohin mit meinen Beinen? Die Sitzreihen sind eng und unbequem. Es zieht kühl, und der Vorhang schwingt.
Platz eins in den aktuellen Kinocharts: ein Vampirfilm, ausgewertet in 789 Sälen.
Der Vorführer kommt, knipst das Licht aus, schließt die Tür.

Day is done nennt sich: »Eine fiktive Autobiografie«. Thomas Imbach hat viele Jahre lang immer wieder mit einer 35-mm-Kamera das Stadtpanorama vor seinem Zürcher Atelierfenster gefilmt. Auf dieser weiten Bühne oszillieren, mal im Zeitraffer, mal in Zeitlupe, mal in Echtzeit, mal herangeholt, mal aufgefächert, Verkehr und Meteorologie.
Züge, Flugzeuge, Wolken, Dampf aus einem hohen Schornstein.
Regen, Schnee, Gewitter, Sonne, Mond.
Vogelschwärme, die kreisen und pulsen, aufblitzend ihr bodenloses blaues Gefäß versilbern.
Ein neues Hochhaus wird gebaut.
Nachts leuchtet die Stadt.
Auch auf das Gewerbegebiet direkt unterhalb seines Fensters richtet Imbach die Kamera. Dort treten Arbeiter (Müll, Security, Straßenbau), Liebespaare, Weinkäufer, Partygäste, Schüler, Blaskapellen und eine junge Frau auf, die immer wieder ihre Post holt.

Unterlegt sind diese Szenen manchmal mit Songs, meist jedoch mit Aufsprachen auf den Telefonanrufbeantworter von Thomas Imbach, und die Anrufer, die man bald identifizieren kann, entfalten vor der stets wechselnden, stets vertrauten Kulisse des Fensterausblicks einen Lebenslauf in sprechenden Auszügen: Tod des Vaters, Geburt des Sohnes, Liebe, Trennung, Glückwünsche und Konflikte.
Als gehorchten sie einem geistesabwesend treffenden Drehbuch, setzen sich Biographie und Wolkenstudien ins Verhältnis zueinander. Parallelzeiten, bestimmt von Luftdruck oder Seelenlagen, schichten sich übereinander wie Atmosphärenstockwerke ohne Austausch, sind in diesem halb fiktiven Verfahren ehrlicher ungreifbar als bei den meisten direkt auf die Haut genähten Fiktionen.
Einmal ist lange ein gleitender Greifvogel im Bild.
Es ist zu spüren, dass Imbach seinem sozialen Gewebe gegenüber einen sanften, dennoch heiklen Vampirismus pflegt, da er aber sich selbst davon nicht ausnimmt, füllt das Ergebnis keine 789 Säle.
Im Abspann werden die Passanten, heimliche Schauspieler des Lebens, wie Darsteller aufgeführt.

Day is done. Die Stadt leuchtet auf meinem Heimweg.
In meiner Wohnung habe ich noch einen Anrufbeantworter in Betrieb – Relikt einer Zeit, als Menschen sich nicht immer direkt erreichten. Während ich ihn abhöre, fühle ich mich im Kontinuum des eben gesehenen Films.

KW 52A (A = APOKRYPH)

Eine leere Kalenderwoche
Eine Dehnungsfuge
Erholung für 52 andere
Die bald wieder beladen werden

KW 52a?
Noch unentdeckt
Obwohl unser Universum
sich beschleunigt ausdehnt

SCHWEBENDE ZUKUNFT

In dieser Verkündigung ist vieles anders.

Maria wird von hinten überrascht, schaut sich aber nicht wirklich um, sondern wendet den Kopf und die niedergeschlagenen, ganz zur Seite gedrehten Augen nur leicht rückwärts, wie jemand, der einer Ahnung, einer Einflüsterung, einer durchs Bewusstsein huschenden Offenbarung erliegt und dabei noch nicht einmal das Buch sinken lässt, in dem er gerade liest.
Auch der Engel, der mit halb aufgespannten Greifvogelflügeln hinter ihr kniet, sieht sie nicht an.

Beide sind in gleißendem Licht. Es gelangt von außerhalb des Bildes in den geschlossenen Raum, trifft sie frontal, während ein Fenster mit einem Ausschnitt Himmelsblau in ihrem Rücken ist. Das Licht von vorn bestrahlt harte Gewandfalten, als hätte Konrad Witz um 1444 einen Filmscheinwerfer angeknipst und auf Maria und den Engel gerichtet.

Der Raum ist möbellos. Sämtliche Dekorationen zeitgenössischer Häuslichkeit fehlen.
Mit hölzernem Boden und hölzerner Decke, getragen von Stützbalken, ist er so möbellos, dass Risse in seinen weißen Wänden ins Auge fallen.
An der Tür, vor der der Engel kniet, wirft ein eiserner Riegel einen Schatten, der den Riegel in die Tiefe der Fläche verlängert. Das wird hier schon zum Ereignis.

Es ist ein in seiner Kargheit hyperrealistischer Raum, in dem die beiden Figuren wie geträumte Entitäten schweben.

Marias blaues Gewand berührt den Boden nur halbwegs; der Faltenwurf des Engels wirkt ebenso hereingeschneit. Insgesamt stimmt etwas nicht mit der Perspektive: Der vordere und der hintere Bereich des Bildes passen nicht ganz zueinander. Folgt man den Ritzen zwischen den Dielen, die immerhin beide Bereiche durchlaufen, verschiebt sich die zentralperspektivische Illusion unter der Hand in eine Deformierung. Kann dieser Raum Maria und den Engel enthalten?
Sie sind jedenfalls nicht in ihm verankert, nicht der gewöhnlichen Schwerkraft unterworfen.

Beide schweigen. Es gibt nichts zu sagen. Selbst das Spruchband des Engels entrollt sich nur zögernd.

Der Engel schaut an derjenigen vorbei, der er eine Botschaft zu verkündigen hat, scheint zur überhellen Lichtquelle entrückt. Auch seine Handgeste, sein bis ins Groteske gotisch gelängter, aufgestellter Zeigefinger verblasst angesichts dieses Blicks ins Unsichtbare.

Tageslicht und überirdisches Licht treten hier gegeneinander an, machen den Ort zur Kreuzung. Maria und der Engel sind erfasst von einem Spot, während das Fenster in ihrem Rücken natürliche, wandernde Erleuchtung spendet, und so widerstreiten milde und harte Schatten, die in unterschiedliche Richtungen geworfen werden.
Ein Auffahrunfall zwischen Quantenmechanik und Relativitätstheorie sähe vielleicht ähnlich aus.
Hier sind es Lebenszeit und Prophetie, die kollidieren.

Im Zentrum des Bildes ist nichts. Genauer gesagt: eine weiße Wand, auf der sich der Schatten eines Heiligenscheins abzeichnet.

Die *Verkündigung an Maria* von Konrad Witz hängt im Germanischen Nationalmuseum, wo sie mühelos ein ganzes Untergeschoss magnetisiert. In ihrem Rahmen, durch nichts beschönigt, enthält ein leerer Raum ein Paar, das vielleicht nur noch halb an Botschaften glaubt.

Der Engel, kalkweiß, fixiert, was sie beide ins Schweben bringt: Es ist die Zukunft.